とうのみね

紺谷 猛

鳥影社

とうのみね　目次

とうのみね

ととよし食堂

　きょう、多恵子は、勘定の間違いをした。多分、この仕事で、はじめてのことではないか、と思ったりしてしまう。もう、五十年ももっとこれをやって来ていると考えると、はじめてというのはちょっと大げさかも分からない。はじめの頃は値段もいい加減なところがあって、品物が大きかったり小さかったりで、値段もその時々の気分によって適当に上げ下げして客から支払って貰っていたような気もする。しかし、この二、三十年は、しっかりと決めた通りの値段の勘定を貰ってきた、と自信はある。十七センチの丸皿で青い染付けの模様のものは二百八十円、鯖の塩焼きでも味噌煮でも、鯛の刺身が四切れでもはまちの刺身が八切れでも同じ、同様に十四センチなら大根とがんもどきの煮付けでも鯵のフライでも二百円、という具合である。小ぶりの九センチに冷奴で百三十円、漬物なら七センチできゅうりでもたくあんでも八十円、などなど。模様は白地に木の葉だったり赤い蕪だったりといくつかあるが、皿の大きさ、色、模様で値段が分かる。多恵子は「勘定っ」といったり「お愛想っ」といったりして腰を上げかける客の盆の上をさっと見て、残っている皿からひと目で勘定を宣言する。

「はいっ、四百八十円」

「六百四十円ねっ」

ちかごろ、町ではやる回転ずしの店も、皿の色で値段を決めているらしいが、あれは、独創でもなんでもない、このとよし食堂のやりかたをそっくり真似たに違いない、と多恵子は信じる。

きょう、十八番目の客に多恵子は五百二十円、と告げて金を貰った。客が、

「ご馳走さん」

といって入口のガラス戸をがらがらと閉めて出て行ったあと、五百十円だったことに気付く。それからずっと気になり、調子が出ない。十円よけい客から取って、「十円少なく取ったのだったら」ぶつぶつ胸のなかで呟いて、「もう年なのかな」といじける。

とよし食堂、ガラスの戸棚におかずを盛った皿を並べて、客が気に入ったものを勝手に盆の上に乗せて、好きなテーブルに持って行って食べる。ご飯と味噌汁は自分でよそう。めし碗に普通盛りと大盛り、味噌汁も具が豆腐、しじみ、あさりと種類がある。碗の色が違っ

て、それも値段の目じるしになる。

昔はこの辺には、鋳物やほうろうの工場がたくさんあって、そんな工員がお得意だった。一食は弁当を持ってくるが、腹が減った退勤どきにはちょっと立ち寄って、安い銚子を一本、それと、焼き魚だったり冷奴だったり、あと、めしと味噌汁、と食って帰っていった。いつの頃からかそんな工場が郊外へ移り、それにつれてそこの従業員もこの辺では仕事のあとの腹への足しに立ち寄ることも少なくなった。空き地になった跡地はしばらくはがらんとした廃工場になって寂しくしいんとした月日があったが、そのうち、マンションができて様変わりとなった。そこには新しい住民が大勢入ってきて住む人は工場があった頃よりは、たぶん多くなった。それはそうなのだが、この「ととよし」の客になってくれるのは多くないように感じる。別の客は、しかし、あるものである。マンションの住人は、ときにはタクシーを使い、その運転手たちが客待ちの合間に飯を食いにきてくれる。客に急ぎの飯を食べられるところを聞かれてここへつれて来ることもないではない。

それやこれやで、店は続いている。人とは不思議なもので、遠くの工場に移った従業員が、昔を思い出して、わざわざ飯を食いに足を運んでくれたりする。

今夜も、額に深いしわの入った年寄りと、髪がうすくて真っ白な老女の二人連れが、焼き魚と、がんもどきと大根の煮付けを、なかまでつつきあってゆっくりと食べていた。あれは、むかし作業衣のままでよくここに来ていた男性に違いないのだが、結婚して長い年月を経ってこの辺の変わり具合を老妻に見せた後、夕食も「こんなもんを食べていたものだよ」と、これも昔語りの一つとして一緒にやってきたものと思えば納得できる。

多恵子は皿の大きさ、形だけでなしに、昔の客の顔も覚えている。話をしたりはしないが、ちゃんと分かる。

大昔、多恵子は仕事にあぶれて家にぶらぶらしていたことがある。はじめ、中学校をでて紡績工場に勤めた。景気がよくて忙しく、そんな中で、寄宿舎の仲間と定時制の高校にも通ったし、仕事も規則正しくて性に合っていると思えてずっと続けるつもりだったのだが、気がついてみると工場が暇になったようで希望退職の募集があったりして仲間と一緒にやめた。失業保険はしばらく貰って、それが切れそうになる少し前に、親が言いだしたのがあって、それが、親の遠い知り合いがやっていた「ととよし食堂」という一膳飯屋だったのであった。

「腰掛けのつもりででも行って見るか」

と親が言い、

「それじゃ」

と多恵子が言った。

そんないきさつがあった。

紡績のようにきまった規則どおりに勤務し、仕事の中味も一定のやり方に従うのと違って、何時に始まるかも決まっておらず、見ていると、その日に入った材料や、空模様、今日が何曜日、といったわけの分からない事ごとで開店時間が変わったり、仕込みの量も変わるみたいで、なんとも戸惑うのである。

腰掛けこしかけ、と自分に言い、訳が分かっても分からなくても親父さんおかみさんの言うとおりに従うことにしていると、素直でよくしつけの出来た子だと変に気に入られた。


ととよし、というのに、なんにも父《とと》よしというほどの男前の店主でもない、ぶおとこのほうに近いのでは、それより、どちらかというと母《かか》よしといったほうがいい、少しはおかみさんが美人顔だとひそかに思った。前からいる年上の手伝いの女性にそれとなく聞くと、大声で笑って、

「それはそんなことなものかい、むかし、魚屋、つまり、ととやをやっていたのが吉太郎《よしたろう》さんという人だったのよ、その人の孫かひまごか、らしいよ」

と、小さい声でたずねたのにみんなに聞こえてしまう失敗はあった。

しかし、べつに怒られもせず、

「この名前なら、いい魚を使っている、と思うお客さんもいるだろうと思うのさ、美男の親父だと思って貰ってもいいんだしね」

とこれも笑って受けて貰った。

今でも魚屋のほうは店主の従兄がちょっと離れた町でやっていて、そこからいい魚を安く入れさして貰うこともあるといい、べつの時には売れるつもりで仕入れて売れなかった魚をただみたいな値段でこちらにまわして貰って使うこともあるらしい。そちらも「ととよし魚店」だそうでけっこう繁盛していると聞いた。

多恵子は、ここはあくまで一時をしのぐ腰掛けで、いつか、もっとこぎれいで格好のいい仕事が見付かるだろうと思い、それが、どんなものかなかなか想像できなかったけれども、知的に見える本屋の店員だったり、こどもの頃に作文に書いた美しい花を売る店の店員だったりした。どれも、魚としょうゆのにおいがからだにしみてくる今の仕事よりはまだ乙女だと自分で思っている多恵子にはひとつの憧れであった。新聞の折込みチラシの求人案内は熱心に目を通した。しかし、むこうの面接時間はととよしの準備や営業の時間とたいていは重なるので、店主にことわって出かけるのも言い出しにくく、もちろん、休暇まで頼んで行く気にもなれなくて、夢の実現はなかなか近づくことにはならなかった。

そのうち、職を替えるなら、しかも、誰にもとがめられずに替えるなら、とひとつの空想に行き当たった。お嫁さんになればいいのだ、それは、小さな商店の二代目でもいいし、会社勤めのサラリーマンでもよかった。そういえば、紡績工場で、格好のいい技術員がいたが、あの人はもう結婚したのかな、と考えたりもした。

そんなこんなを空想みたいに思いながら、しかし、実際の日々はもうととよし食堂に同化していくようで、町を歩いていて、通行人ににっこりと微笑まれて、自分も愛想よく微笑みを返し、さて、あれは誰だったかな、と思いめぐらすと、なんだ、いつもととよしに来てくれるお客か、と思いつくように、人目には、どう見ても、ととよしのお姉ちゃんになっているのであった。

そんなことだから、ととよしのおかみさんに、「うちの息子ももう二十代も半分以上過ぎているというのに、ガールフレンドの一人もいないいんだよ」と話を持ち出された時も、くわしくそのあとを聞く前に、相手の言いたいことに先回りして察しがついた。

その息子は、家を出て、隣町の工場に勤め、そこの独身寮にいるとのことで、一度か二度は顔を合わせたことはあるにしても、朝晩や時候の挨拶以外はなにも話らしい話はしたことがなく、いいも悪いも判断のしようがない。生返事を繰り返すばかりしかないのだ。

それでもおかみさんのお膳立てで、日曜日に休みを貰い、デートというのをした。十時ちょっと前に私鉄の駅前で待ち合わせ、そこから電車に乗って遊園地へ行った。そのへんまでは自分も相手もこんなものだと筋道を考えていたのにしたがって進んだが、昼になって食事をする段になり、多恵子は魚は毎日毎夜見飽き食い飽きているので気の利いた洋食でも食べたく、相手は独身寮で食中毒にでもなったら大変、というので油を使って火を通した肉やコロッケといった洋風食に食傷気味だから魚の美味しい和風が食べたい、となって、立派な食堂に入ったのに、向かい合って別々の料理をつまむ始末となった。

二人とも、普段着とは違い、気を張ったよそ行きに身を包んだデートだったのに、これで一回きりでおしまいになるとこちらも向こうも思った。そのあとも、ジェットコースターや海賊船といった遊具でそのあたりの普通のカップルと変わらずキャッキャッと時間をつぶしたが、心は燃え上がらず、握手だけはして、それ以上は進展せず、また最初の私鉄駅に戻って別れた。

多恵子は、ちょっとめまいがしたような気がする。客の食べた後の勘定をする段になって、テーブルに並んだ大小の皿を見ると、それをいちいちお金に換算する、つまり、これは何円、これはいくら、合計して何百何十円、と計算することはしない。目に映った皿たちが、そのまま瞼のうちで硬貨に姿を変えて、十円玉百円玉となり、十円玉ならそれが十枚集まって百円玉になる。百円玉は五枚で五百円硬貨になる、そして目の前に五百八十円、といった具合に浮かぶ。そんな現象が自動的に起こる。一瞬である。時間もなにもまったくかからない。それが、きょうはよく働かない。ちょっといらいらして、「ええと、二百円がひとつ、八十円がひとつ……」と積み上げないと総額が出てこない。客のほうは、そんな時間の差を感じるほど意識しないから、爪楊枝で歯のあいだをのんびりとほじくっているので何も問題はないのだが、多恵子自身は気にする。

「そういえば、三日前も勘定を十円間違えた」

そして、

「こんな毎日毎回のことが引っかかるなんて、べつに気にかかる心配事もほかにないはずなのに……」

ひょっとしたら、なにかの頭の病気、それとも、老化が始まってきた、と、心配する。認知症、といっても、自分にはピンとこない、昔の言葉で、ぼけた、或は、もうろくしてきた、と言い換えると、ああ、そうかもしれない、なにしろ八十がもうすぐそこだから、ね、と、変に納得できる。

「いやだね、こんなことを考えなくてはいけないなんて」

義理の親たち、このととよし食堂の先代たちは多恵子に老いの姿は見せなかった。自分が最後を看取ったのだが、最後までしっかりしていたと思う。店のあれこれを、ちゃんと言い残し、立派に死んで行った。自分もそれを理想としている。もっとも、義父は七十を僅かに出たところで直ぐ、義母も七十六だったと思い返す。多恵子自身はそんな年を越えた。そこまで考えると、いよいよそうかもしれない、と半分納得し、大丈夫かな、と少し心配になる。

夫のほうは五年前に死んだ。長患いはせず、兆候もなかった心臓の急なやまいだった。その時も店はあとやっていけるか、とても気になった。

夫は、むかし遊園地でデートをした相手である。はじめてのデートで互いに気が乗らず、一回きりでおしまいになる予感があった。多恵子のほうは、向こうのそんな意志を、ととよしのおかみを通じて伝えてくるだろうと思っていた。或は、こちらから言い出すべきだったのかもしれない。男のほうから断わったら女性を傷つける、というちょっと古い習慣があって、こちらの言うのを待っていた、とも、あとあと思ったりすることがある。自分のデートは親ももちろん知っていたから、なにか娘である多恵子に助言でもしてくれるのが筋でもあったような感じもあるのだ。だが、気が利かないのか無関心なのか、なにも気を配らなかった、足しになる言葉も言わなかった。

なんにもしないうちに、ひと月以上がたち、直接電話がきた。

「どうしますか、ほったらかしたままにしておくのもどうかと思うし、……」

「それじゃ、もう一度だけお会いして……」

お話ししてあとどうするか決めますか、と、また、会った。こんどでほんとに終わりにする、と多恵子は思ういっぽうで、でもこれが終わっても「代わり」があるわけではない、と煮え切らない気持でもあった。相手のほうはほんの少しだけは前向きになっていて、

「いや、寮の友だちに、外出の目的を聞かれてそれを言ってしまったものだから、帰ったら結果をまたたずねられる、それで、もう少し付き合うのを続けてくれませんか」

また前回と同じ時間を過ごし、同じように別れた。

そんなことをあと三回繰り返し、それほど燃えないままに結婚した。多恵子は、夫吉之の妻となり、それと同時に、ととよし食堂の嫁、つまり、若おかみ、ともなったのであった。

夫はそれまでどおり隣町の工場勤めを続けていたので、多恵子も実家を出てその会社の社宅アパートに移った。ととよしの親たちは当然のように多恵子が食堂の仕事を続けることを期待していて多恵子の生活はあまり変化はなく、新居となったアパートから電車でととよしに通うことになった。

結婚することを漠然と思った以前の理由は、それによってあまりこぎれいとは思えないこ

の仕事から、人に咎め立てを受けることなく、それよりむしろ祝福されて静かに離れられる、ということの筈だったのに、依然として変わりなくそれは続くことが決まったというこ
とでもあった。それよりも、以前は別の花屋や書店で働く日がくるかもしれないというはかない空想を抱く自由もあったのにそれもなくなってしまった、といえるようでもあった。
他人の目には、ととよしのお姉ちゃんからととよしの若おかみへと呼び名が変わっただけ、と受け止められたのであった。
夫は、自分の仕事を変わる気は毛頭なく、多恵子のしている仕事にもほとんど無関心だったが、優しいことは優しく、特別に不満もなかった。そのうち、多恵子はひょっとしたらこれが自分の天職、とまでは言わないまでも、そんな運命だったのかな、と思ってもいいような気になったりした。時々は、何年も前にここに顔を出したのは腰掛けのつもりだったことも思い出したりしたが、後悔するほどの気持になることもなかった。

いまでは、材料の見立ても仕入れも多恵子の裁量である。義理の父が亡くなったあと、夫と一緒にととよしに住まいを移し、姑と同居することにしたのだった。子供たちはまだ結婚していなかったが、遠くの大学に行って下宿していた。そのあと、上の娘は勤め先の同僚と結婚してそのまま東京に住み、下の息子はこちらに帰って勤め、幼馴染を妻にした。親たち

と同居することは選ばなかった。二人とも、ととよしは他人の仕事と、距離をおいて見ている。

いくらなんでも多恵子ひとりでは手が回らないから、伝手を頼んで昼は二人、夕方はもう二人、手伝って貰っている。忙しいと疲れは覚えないが、客足が途絶える時間は年を感じる。

いまはいなくなった夫も、十数年はととよしの店主として采配をふるってくれた。それまで、勤める会社とは昼夜を問わずと言ったほどに離れず密着した生活だったから全くこの食堂のことに携わったことはないのに、小さいころからこのにおいを嗅いで育ったということなのか、多恵子の目には、言うことすることが的確で頼もしく、安心してそれについて行ける日々があった。振り返ると、あの頃がもっともいい時代だった気がする。姑も大事なことは息子に任せて顔つきも優しく柔和に見えた。そのあと、姑が死に、また何年かして夫が死んだ。

寂寥、戸惑い、不安、困惑、といったものが次々と訪れて来た。

しかし、今よりは少しは若かった。落ち着いて冷静に判断する力がまだ衰えていなかった。長い間、多恵子はこの仕事をやって来たのだから、あとも、それほど苦労はしないで続けられると思い直した。新規なことは何も取り入れなくていい。今までの味を保つ、店も、特別に手をかけず、金もかけない、大きな儲けは追わなくていいのである。夫を仏として送って、その位牌にそう呟いたのであった。

近所が静かに変わっていく。このあたり、歩いて四、五分のところを東、西と見ても、文房具を商っていた、構えも鉄筋建ての立派なところが店をたたんだ。事務機械がワープロになり、しばらくあいだをおいてパソコンになる。今までの筆記用具用品などを使わない時代になる。

しにせの米屋が閉店する。毎食米の飯を食べていた住人たちが、一日一食だけになる。あとはパンになったり外食したりする。

顔を合わせて世間話をしていた商店仲間がいなくなって行く。

それよりも、ガソリンスタンドが廃業して空き地になっていたところに、牛丼チェーンの出店が開店した。四年半前である。提供するものは違うから、客を取られる心配はない、と高をくくっていたのだが、むこうは朝食も朝早くから出す。こちらは十一時になって昼食、二時から一休みして五時からまた晩飯、九時には閉める。先方は夜遅くでも食べられる。何人かは向こうに移った、と思ってみる。

もう一軒、空き家になっていた小工場が取り壊され整地されて、ファミリーレストランが店を出した。そんなものは、郊外の広々とした、駐車場もいっぱい取れるところのものだと思っていた。それが、こんな町の真ん中に出店する。車も二十台ほどは入れられる。

　多恵子は、こっそりと、ふだんは使わない眼鏡を掛けたりして少し変装して様子を探りに行った。牛丼もファミレスの洋食も、なかなかの味である。どちらも、新しいだけに明るく活気がある。アルバイトと見える店員たちも、大きい声で元気がいい。

　少し、参った、と思う。ととよしを続けてきたのは、何も、儲けるためではない。ほとんど儲けはない、赤字黒字を行ったり来たりである。それよりも、この店に来てくれるお客がいる、ここがないと、気軽にちょっと出て、簡単に食事をすることが出来ない、遠くまでわざわざ足を運ばなければならないお客がいる。ひとり暮らしの老人も増えて、自分で買出し調理するのが億劫になった、不自由になったという人たちが近所にもいる。そんな人たちの微笑む顔に会うためでもあるのだ。

　それなのに、食事を提供する店が、うちを取り囲むように、周りにできた。ととよしはほんとにみんなのためになり続けて行けるのだろうか。もう、客たちが求める役目は終わったのかしら……。

　このまえ、勘定を間違い、目の前の皿たちをみてめまいを感じた。なにも気にかかることはないのに、と思ったのは、自分だけの強がり。自分の心の内の迷い、不安を、気付いていながら気付かない気付かないと心をだましていることが、そうっと滲み出て来たということではないのか。

夫がいた頃には、こんな心配事は彼の仕事だった。今は、多恵子自身の仕事。ほかに、誰にも押し付けられない。

「ちょっと来て見て。店に見慣れないお客さんが来ている。たぶん、はじめてよ」

料理の皿を棚に並べていた手伝いの林由佳が言った。

「そんな。お客さんを興味本位で覗いたりしてはいけないよ、向こうにも聞こえるじゃないの」

声をひそめて注意して、でも、つられて多恵子も目をそちらに向けると、きれいな金髪が見えた。ちょうど食べ終わって勘定しなければいけない客もいるのでホールへ出た。テーブルの上を見て、

「はいっ、五百八十円っ」

と声を掛けた。

隣のテーブルにふたり金髪の娘がいて上手に箸を使っている。多恵子を見上げて何か言いそうなので、あわてて手を振る。それでも話しかけるから、

「英語はだめ、分かりません」

と言うと、

「英語ではありません、日本語です。分からないですか」

そのつもりで聞くと、なるほど日本語である。

「これは、日本の家庭料理ですか」

と聞く。

「そう言えばそうだけど、でも、日本料理、ってほどのものじゃないよ。そんなのは、もっと高級料亭ででもないと食べられないね」

少し話すと自分たちはカナダとアメリカからの留学生だと言った。日本にせっかく来たのだから、日本の食事を食べたい、それなのに、学生食堂は油ものの洋風ものだし、ひとに連れて行って貰った日本料理店は高級で人々が日ごろ口にするものとはかけ離れている。ここで見つけたのが、たぶん、探していたものに違いない……。

「料亭は『よそ行き』だと思うわ、だって、あんな高いもの、それにたまに食べるには美味しくていいけど、いつもあんなの食べてたら栄養も、きっと偏って不十分ね、私たち、『普段着』のご飯を食べたかったの」

「それはまあ、家庭料理っていえば、こんなもんだけどね、これを日本の代表の食事と思われても、こそばゆいわね」

「こんなの食べたい友達、たくさんいる。連れてくる、いいでしょ」

なか一日おいて、また、あの留学生がやって来た。この前の二人のほかに、男女あわせて五人、仲間うちでは、たぶん英語だろう、早口で笑い合いながらしゃべっているから、何を言っているかは分からない。しかし、一皿、また、一皿、と、次々と取っていくから、彼らの口には合っているのだろう。

ほかの客たちも、興味深げに珍客に横目を走らせる。

ちょうど孫をつれて来ていた息子の妻もちょっと顔を覗かせて、

「へえっつ、ここも国際的になったのね、驚いたわ、時代が変わったのかしら」

と言った。

「こんなものが、国際親善なものなのかね、もっと、日本文化なんて高いところで奥の深いものだと思うんだけどね」

と呟き、

「でも、旨くない、まずい、と、嫌われるよりはいいか」

とも言ってみる。

ここにきて、よく息子の妻がととよしに顔を出す。

「小さな子供を店に出しちゃ駄目だよ、危ないし、なによりもお客さんに迷惑だし」

連れてきた孫が留学生のところへちょこちょこと走って行くのでついつい大きな声を出す。向こうは嫌な顔はしない、むしろにこにこして見せるので、なかなか言うことをきかない。多恵子は慌てる。

「お母さん、近ごろ顔色がいいみたい、あの、新しいお客さんたちが来るようになって、張り合いが出来たのじゃないかしら、いいことだと思いますわ」

嫁が言って、

「何も今までと変わったものを出してることはないんだけど、まあ、喜んで貰えるのなら嬉しいいし、どこの国の人でも美味しいものは美味しいんじゃないかな」

多恵子が言うと、

「私、すこしこの店、手伝いに来ようかな、ちょっと面白くなりそうだし、雄太も連れてくれば、安心だし」

と話が続く。

この町も少しずつ変わって行く。世間話の仲間も減って行く。なによりも、周りに食事する店が出来て、このとよしがなくてもいい時代が来るかと思うと淋しい。

長い間、多恵子が見知ってからでも五十年は越しているこの店、その前を思いやるとその倍もあるかも知れないのだが、私がその歴史を閉じる役目かと、このところ心が沈んでいた。けれども、それは仕方がないではないか、ととよしに何かを期待する人たちがいなくなるのなら、あとを引き継いでくれる人がいないのなら……。そんな気持が、意識しないのにからだに沁みついた仕草までも鈍らせていた……。

息子の妻が、手を貸してくれる、と言う。嬉しい。そのうち、仕事に慣れる、心も、こちらに向かってくる、引継ぎ手になる日も、ひょっとしたら、来る。思いがけなかった愛好者も生まれたじゃないの……。ここにきて、少しは、希望、という言葉を思い出してもいいのかな、と、上に向きかける気持を、多恵子は感じる。


「お幾らですか」

「別々ですね、五百八十円、六百二十円、四百五十円」

問いかける声に、多恵子は大きな声で勘定の額を宣言する。

「ご馳走さまでした」

「有難うございました、またどうぞ」

手を振って賑やかに出て行く留学生のグループを、今日も精一杯の元気で送り出す。

とうのみね

成瀬由紀子は、多武峰《とうのみね》の談山神社《たんざんじんじゃ》に来ている。来てみてはじめて分かる美しさ、良さ、と思った。もっとこの視野を目に焼き付けておきたいが、もう帰らなければならない。遅れると、心で決めている帰宅時刻に間にあわなくなる。

話ではよく聞いていたので一度は来て見なければいけないところの一つ、と思っていたのだが、なかなか時間が作れなかった。そんなに忙しい仕事、大事で外せない仕事をしてきたわけではないが、やはりひとが仕事をしているのに自分だけが休むということが何かとても悪いことのように思うこころがあって、そんなことを考えると結局よそへ旅するのも一泊くらいの職場の親睦旅行くらいしか行けないことになる。もう十何年もこの仕事である。調剤薬局の薬剤師、主体が四十メートルほど西へ行った内科医院の処方箋の調剤だから、休日もその医院に合わせてある。医院の方は週一日の休診日と、時々は、医師の勉強のための学会出張、その時はだいたい季節の良い時期で医師の方も多少は骨休めをしてくるらしいが、そんな日は病院の勤務医をしている妻の女医が来て代診をしたりするので薬の処方箋は休みなく来る。もっとも、そんなに休んで旅をしたい気持も、ない。いつもは立ち仕事なので、休みの日には思いっきり坐ったり寝そべったりして脚を休ませる。

由紀子は、夫と子供が二人。薬局は家から歩いて十五分足らずだから職住近接、理想的だが、近過ぎて、帰りに寄り道を楽しむ自由はない。昼の休憩時間に、あわただしく自宅の必要な食事の材料をすぐそこにある食品スーパーで買って来る、それを手に下げて夕方家に帰る。そんな生活に不満はなかった。ただ、近頃、ちょっとだけ夫の挙動に疑惑を抱いている。夫は普通の勤め人。自宅を出て、歩いて駅へ行って、電車に乗って大阪の真ん中の会社に通っている。由紀子も結婚する前は製薬会社に勤めていた。開発部門だが新薬を開発するのは他の部署で、由紀子らのところはそんな新薬が毒性や副作用がないか試験、検査をする。いくら効果が大きくても、異常を惹き起こしては一大事である。マウス、ラットで試験をする。組織に変化を見つけると綿密に症状を調査する、その異常が、試験に供した薬剤によるものか、自然に発生したものか、困難な判定に頭をしぼる。容易ではないが、仕事である。それよりも、検査のためとは言え、数々の小動物を解剖して調べるのは心が滅入った。

「かれらは、人の代わりになって、身体を捧げてくれているのだ、けっして無駄死にじゃない。君たちも意味の深い職務を遂行しているのだよ」

会社の幹部はそういって仕事の重要性を説いて慰めてくれ、それはそれでよく分かり自分でも納得しているのだが、思い込むと気が沈む日があった。新薬開発の方が気は楽だろうな、と、いつも思ったが、開発もそんなに気楽ではなくて、一生に一度も成功に関われずにさみしく定年を迎える先輩の方が多いのであった。そんなことで、結婚してもいいと思える男性に大学の同窓会で出会ったとき、

「仕事はやめてもいいわ、専業主婦になる」

と、由紀子は宣言した。それでも、妊娠するまでは製薬会社で働いた。家にこもって、朝から晩まで家を離れない生活というものが想像できなかった。子供ができると分かったとき、なるほど、これは一つの仕事だ、と納得した。主婦、になったのだった。

調剤薬局は、昔の学校仲間からすすめられた。

「もったいないわ、せっかく使える資格を持っているのに、眠らせておくのは、自分のためにも社会のためにも大きな損失だわよ」

そんな大げさなことまで言われても、ピンとは来なかったが、役に立つものなら持っている薬剤師の資格は役立たせるに越したことはない。子供たちが学校に通うようになって、は

じめはパートのような形だったのだが、今は、主力メンバーである。九時から五時、と、時間が決まっている。昔の会社勤めの頃のように残業になることはない。給料も、いい。朝、夫と子供を送り出し、さっと朝の片付けをして、勤めに出る。今は、粉剤や液剤を測って合わせて、本物の調剤をすることは、滅多にない。薬の取次ぎの業者から仕入れる薬剤を、処方箋に従って整え、患者に渡す、ということが殆どである。それでも、〇・〇五ミリグラム、〇・一ミリグラム、〇・五ミリグラムなどと、細かく種類分けしてあるのを見間違えてはいけない。処方箋の方が、どう見ても含有量を取り違えている、と思われるのが三年に一度ほどある。医師に問い合わせる。確かめる。患者に待ってもらい処方箋を書き直してＦＡＸで送信してもらって処方する。そんなこんなで、脚も疲れるが気持も疲れる。

ずっと、脇目もふらずにやって来て、でも、子供の病気だとか学級参観だとかいうと、契約している代わりの薬剤師に来てもらう。この薬局には三人本務の人がいて、だから、代わりの要員の出番は少なくない。それが、やはり、不定期だから、負担にはなるだろうと思って、由紀子はそんな休暇を出来るだけ取らないようにしている。

それが、今日は、そんな休暇を取る理由が全くないのに、休暇を取った。

ここのところ、夫がなんとなく仕草そぶりがおかしい。ワイシャツに口紅がついていたとか、香水が匂ったとか、あるいは、靴下が裏返しであったとか、よくいうそんなことは何もない。誰か変な虫に取り付かれたとか、はっきりしたことは何もない。会社のことも普通に話すし帰宅の時刻も変化がない。

由紀子は学校を出てから仕事を一時中断したり子供が出来たりして結構変化を辿っている。夫のほうが、勤めを始めてから同じところに通い、仕事の中味も、多分、なにも変化を経験していないと由紀子はある意味では同情する。少しは何か変わったことでも見聞きしてみたい年数にはなるだろう。そんな気持で見ると、何もない夫の変化、しかし、その変化のないなかに、何だろう、少しの変わり目があるのではないか。夫の担当の経理の仕事なんて、由紀子にはお札を数えるのかな、といった程度で、それ以上の詳しいことは全く想像もつかないが、ときには、退屈・倦怠を覚えることもあるのではないか。近ごろ、何もない、少しの変わりもない夫の日常に、何か気流のそよぎがあるような感じをふと覚えることがある。そんなことを、ここのところ、何か月も思っている。でも、直接聞くことは、恐ろしいし、失礼でもある。

由紀子が最初の勤めをしている時、職場の同僚、というよりも、上司にあたるひとで、何でも話のできる男性がいた。何ということはない、しかし、好感、少し時間がたって、好意、といっていいものは、持っていた。彼には妻がいた。そんな男と、由紀子は自身は独身だから、とくべつこだわることもしないで、昼休みには社員食堂だけでなく近くの食事どころでよく一緒に食事をし、声をかけられて月に三度くらいは帰りにビールを飲んだ。手相を見てくれるといって、手を取られ握られたことはあった。それだけだったが、今にして思うと、かれの妻が知れば、大らかに笑ってすませてくれるところかどうかはよく分からない。飲んだあとで、もっと誘ってくれてもいいのに、と感じたことも、なかったわけではない。だが、学校時代にあったように、破目をはずし過ぎ、翌日に差し支える、ということは、自分も相手も自制していた。結婚する前のことで、もちろん、夫の知らないことである。

夫の今は、そんなことなのか、もしそうだとしたら、素知らぬ振りをして何変わりなく夫と接していればすむことなのか、とも思う。

由紀子は、自分がありもしない映像を創り出して、それに踊らせられているのだ、とも考えてみる。それならそれでいいのだ。そのほうが、ずっと、いい。しかし、これでも十五年も一緒に過ごしてきた二人である。何にもない空気の流れを、何かあるのでは、と感じるということは、やはり何かあるのではないか。

あのとき、相手に妻がいて、そのひとが由紀子の存在を感じ取っているのか、そうだとしたらどんな心理心境にあるのか、などと考えもしなかった。自分だけが見えていて、相手に周囲があるとは思いもしなかった。あのときの私のような存在が、今、夫にあるのか。あるとしたら、どうすればいいのか。

夫は、身だしなみも、物腰も、一応、紳士である。優しい、控え目な態度、積極的にあるいは押し付けがましくなにかを主張することはないように妻である由紀子は思っている。会社でのことは詳しく分からないが、そう変わるまい。若い女子社員は、そんな男性を、慕うものなのか、それとも、敬遠するものなのか。

気にしなければふうんと笑い飛ばせる「妄想」、そんなものに取り付かれていたら、大事な仕事から気持がはなれておろそかになって、必要な細かい処方の指示を見落としかねない。職場の同僚に相談することでもない。家では、子供たちが母親に気を配って欲しいそぶりを示しているのを見過ごしてしまってはいないか。自分で思っていた私は落ち着いたしっかりした母親で、それなりに社会に役立つ職業人で、というささやかな自信に、揺らぎが出始めている。

気分転換。突発の休暇、自分ではじめての、理由のない休暇。多少のことは、あったとしても、とやかく騒ぎ立てるほどの狭量ではない、と自分を評価してみるが、夫だって普通の男だからそんなことがないほうがおかしい、それでこそ一人前、気にしない気にしない、むしろ誉めてやってもいい、とまでは度量は大きくないように自分を認識して、そのもやもやを吹き飛ばす手段、と思いついた。

大阪から京都、奈良へは気持の上でもちょっとそこまでと、近い感覚で行く。しかし、同じ奈良でも、名古屋行きの電車に乗るとなると今まで足を向けなかった。すっきりするならこれまで行ったことのないそんなところ。ポスターの掲示はいつも目にしている。多武峰、たぶみね、だと思っていた。談山神社の名前はよく知っていた。先ごろ、ポスターに近づいてよくよく見ると、とうのみね、たんざんじんじゃ、とはじめて自分の思い違い読み違いに気付いた。その時から一度は行ってみる対象として、頭の片隅に残ったに違いない。正しい読み方が身についたのはこの年になったその時だが、漢字では高校の時から知っている。その時も、教師は間違いのない読み方でしゃべったのだろう。ほかのことを高校生の私はその時考えていたに違いない、大学入試に必要な知識ではなかった。

思っていたより、機敏に、そして何気ない形で、出来た。自分の代わりを務めてくれる人に電話して、一日やってもらえる手配をまず行なって、あと、そのことと一緒に管理者の先輩薬剤師に申し出た。

「明日、休暇を下さい。山城さんに引き受けて頂くよう、お話してあります」

いつもは、

「下の子供が熱を出しまして」

「上の子供の進路の相談で」

などと休む理由も言い添えるのに、ただ休暇を取る事実だけをこの日は告げた。相手の管理者は一瞬つぎの由紀子の言葉を待つようであったが、なにもそのあとを続けないでいると、

「はい、分かりました」

とだけ答えた。由紀子はその目を見なかった。訊ねられたとしても、その人の納得できそうな答えは用意していなかった。

家族は知らない。だから、朝、いつもと同じように食事を作ってみんなに食べさせ、送り出した。片付け、洗濯もすませた。毎朝薬局へ出勤する時刻に家を出た。服装もとくべつの「よそゆき」ではない、ふだんとそう変わらない、スカーフとネックレス、ブローチがこころもち違っている、というところか。誰の目にも印象を残さない。あとは、夕刻、日常と変わらない時刻に帰宅する。誰も、家族の誰も、同僚の誰もが気付かないうちに、今日が過ぎてしまう。そんな時間割を頭の中に作って、いま、談山神社にいる。

中大兄皇子と中臣鎌足が、ここで、大化の改新の密議を談じ合い語り合った、と教わった。由紀子は今日はひとり。語り合う相手はいない。心の中で、自分自身と静かに見つめあ

い語り合うために出かけてきた、というと、格好がつく、ということなのか。


「女医さんですか」

と聞かれた、と思って、

「ええ、まあ」

とあいまいに答えると、

「劇団の公演はいま中休みなのですか」

と意外な言葉が続いた。

一眼レフのようにみえるちょっと重厚なカメラをさげた中年の男性が、そこにいた。

いつも仕事では白衣を着ているし、薬品を扱うのは同じで体臭は似ているかもしれない。

医師と間違われておかしくはない、そうはっきりさせることもないので返事したのだが、女優か、と聞かれたのを聞き違えたのがしばらく考えて分かった。

どうせ誰にも知られないための時間だから、このままそれで通してもなんということはないのだが、思いがけない勘違いが、朝から緊張気味だった由紀子の気持をほぐした。

「女優ではありません。そんな華やかな仕事ならいいんですけど」

関西の日光、とか、いや、東照宮がこちらを手本にした、とか、という。そんな華麗な社殿を見とれているとき、声を掛けられた。人影が少なくて、その前も、高い木々に覆われた進入路の長い石段もひとりで歩いた。向こうの、十三重塔の横に女性の二人連れが見えたがほかには人がいないように感じている。紅葉には少し早い季節、来るのならそれまで待つのが普通なのに違いない。

ここにも人がいない、と、意識を緩めていた。そんな時に掛けられた声だったのだが、それだけで会話は打ち切るつもりで離れようとすると、

「写真撮りましょうか」

と重ねて声を掛けてきた。

「カメラは持ってきていませんので、結構です」

そう言うと、

「撮って、お送りします」

と言う。

「いいえ、素晴らしい景色は、目に焼き付けておきます。そのほうが印象が消えませんので」

いい言葉が出た。それよりも、誰にも知らせない、自分ひとりだけで日常を離れるこの小旅行、家へでも勤め先へでも写真を送って来られたら、すべてが水の泡になる。

「勝手に撮らせてもらってもいいですか。きれいな方と、この風景は、とてもよく釣り合いますので」

「構いませんけど、私は要りませんから」

これが会話の最後のつもりで言うと、

「貴女には、大神神社《おおみわじんじゃ》でもお会いしました。美しい方だと目を見開いて驚いたのですが、また、ここでお会いできて、とても嬉しかったです」

そして

「大変失礼しました、私はこんなものです」

名刺を差し出したが、由紀子は頭を下げて押し返した。受け取ればこちらも相手に渡さなければならない。

由紀子は今朝桜井の駅に着いたとき、時刻が思ったより早いので、一時間ほど割いて、やはり近くの大神神社にまわり、あと、こちらに来た。この人の記憶はなかったが、その時のことだったのだろうと思った。相手の言葉の意図はよくは分からなかった。若くもなく、美女でもない自分に、歯の浮く、といったような言葉で声を掛けられるのはこの素性を消した小旅行には悪いものではない気もした。

そのあと、ひとりで談山神社の境内をゆっくり散策した。心がじゅうぶん満たされた気持、と言っていいようであった。神社を出て、門前の茶店で栃餅を食べお茶を飲んだ。美味しかったので持ち帰りたいところだったが、我慢した。ここへ来た痕跡は、身辺に残してはならないのである。

突発の小旅行は、気持の切り替えには効果があったようであった。顔に、日焼けのあとが残らないかがちょっと気にはなった。

バスに乗って桜井の駅に戻って切符を買っていると、さっきの男がまた声を掛けてきた。

「この駅で乗られるだろうと思って、待っていたのです。貴女は大阪ですね。私は名古屋です。来年、今日の日、またここに来ます。今日は十月二十五日です。その時、またお会いできたら、と願っています」

そう言って、由紀子の言葉を待たずにホームへ上がって行った。

由紀子の単独小旅行は、家族にも、職場の同僚たちにも、もちろん隣近所の人たちにも、なにも気付かれることはなかった。

平穏なままにまた月日が過ぎた。気分転換にはなったが、夫の何となく不審な気流はそのままである。

二か月ほどの日にちが、過ぎる。

そんなときのある日、夫の周りにあった、異様な妖気のようなものが、すうっ、となくなったように、消えて行ったように、由紀子は感じた。妖気、なんて言っては夫に悪い。なくなってみると、ここ一年以上も夫が発していたのは、得体の知れない緊張感だったような気がする。職場で、なにか、重大な極秘事項にでも関与していたのか、そうだとしたら、うかつにたずねたりしなくてよかったことになる。もしそんなことだったら、心から、

「お疲れ様でした、大変だったでしょう」

と言葉をかけてやらなければならない。

あの日、談山神社には祈りも捧げた。単に、景色を見るだけに行ったわけではない。まだまだ先の長い夫婦の親愛も願った。夫にはあの頃疑惑を抱いていた。仕事で何か大きな悩みがある、とは想像していなかった。あの想像が間違いだったら謝らなければならない。

夫がある日、ぽつり、と由紀子に言った。

「来月の第三日曜日、結婚式に出なければならない」

「会社の関係の方ですか、貴方ひとりでいいのですか。私の出なければいけない方ではないのですか」

「私の以前いた部署の女性社員だ。君には関係ないし、べつに仲人するわけではないからい

いんだ」

そう言った。

「そうですか、お祝いは貴方のお小遣いからですか。家計から用意しますか」

そんな、夫婦の会話があった。

夫の口調は、何気ないようで、力がなかった。部下の前途を祝福する口調にはなっていなかった。今までになく、気落ちしている気配を、由紀子は、嗅ぎ取り、掬い取った。

由紀子は、なんだ、これか、と思い当たった。

これか、これか……。

その日も、由紀子は、小里春奈といった、かつての部下の女子社員の結婚式に出かける夫のために、礼服にブラシをかけ、ハンカチの形を整え、靴も選んで磨いてやった。

「スピーチもなさるんでしょう、落ち着いて、堂々とやって下さい、その人の、記憶に残るような」

そういうと、

「頼まれてはいない、それは、今の所属の課長がすると思うよ」

まだ未練を残している、でも、これで最後ね、と心の中で言って、にこやかに送り出した。

暑い夏が過ぎると、少し消耗していたからだも、また回復してきて、由紀子は毎日仕事の調剤薬局に通うのが苦にならなくなっている。

子供たちも、ずっと体調に変わりはなくてその面倒をみる必要もないし、学校のほうも、取り立てて親が出かけなければならない用事もないので勤めを休むこともない。

夫は変わりがないといえば変わりはないのだが、ちょっと込み入った相談を持ちかけると面倒くさそうな顔をする、気の抜けた相槌だけを打つ。きっと、頭の整理も心の整理もまだ途中なのだろう。由紀子が働いているといってもせいぜい家計の手助けのつもりなので、夫の会社での仕事にもしものことがあっては一大事である。大黒柱は夫なのだ。張り合いは保ってもらわないと困る。何も、由紀子は表面立って夫に不満や苦情をぶっつけたわけではない。ぐっとこらえて、時の過ぎるの待っただけなのだ。

夫にも、そんな事情、というよりも、私の気遣い心遣いは察してもらって、外見だけでも平常心を見せて欲しいのである。大の男が、ちっぽけな、過ちとも言えない些細な出来事にいつまでも捉われていて、この、私という妻にでも、会社の仲間たちにでも、愛想尽かしをされてしまったらどうするの。

私はなにも気付かなかったことにして、さっぱりと割り切ることにしている。私のほうが、もう、立ち直っているのよ、由紀子は今日も夫を送り出しながら呟く。

月日が回って、また十月になった。さすがに、長引いた耐えられない暑さも感じなくなる。

家事が一区切りついてぼうっと手を休めていると、突然、由紀子の頭に、何かの光景が映ってきらめいた。

何だろう、でも、本当は分かっている。

「十月二十五日です。来年もここに来ます」

と言っていた。

今年も、行ってみようかな、何ということもないけれども。

また誰にも気取られない形の一日旅《いちにちたび》、一年前にさんざんこころを悩ましてくれた夫への、ささやかで、今度はこころを満足させてくれるに違いないはずの、ちいさな復讐の旅……。

由紀子は、おぼろげに心に浮かんだ映像を、口の中で声のない言葉にして、はっきりした姿に組み上げてみる。

ホームメンテナンス夢虹

今日、社名を変える。早崎皓司が父親からこの仕事を引き継いでからこれで三度目になる。この改名が吉と出て欲しい。実質、小さな家族企業だが、新しい名前は、仕事の中味によく沿っている、と自負する。これまでの「早崎電設工事」は、客筋にも、隣近所にも長い間親しんでもらったとは思うのだが、少し手を広げた分野まではカバーできていない感じで、しばらく考えていたのだ。

家族にもはかった。

「いきなりかな文字とは飛躍ではないの。漢字の名前のほうが堅実のような気がするわ。何せ、硬い仕事だし」

「どうせかな字ならホームサポートのほうが幅広いし、優しい」

「まあ、この時代だから、かなでも横文字でもそんなに違和感がないのじゃ、ってところとは思うけどね」

「名前だけで大繁盛と閑古鳥が分かれるとも思わないけど」

というようなことをいいあい話し合った。

息子らは、

「ちょっと甘いのが難点だ、と思わないか」

といい、妻は、

「ホームサポートではヘルパーか介護の仕事みたい」

などといった。結局、言い出した皓司が、「有限会社ホームメンテナンス夢虹」と墨書した紙を取り上げ、

「これで行こう」

と決めたのであった。ホームメンテナンスは、ちかごろ頼まれる仕事が、簡易な分解してねじを締めなおす分解点検、あるいは年寄りだけの家庭の少しだけ手に負えない修繕や、修繕とまでもいかない手助け仕事に重点が移ってきている実体に合わせようと思ったところが大きい。だいたいは電気のちょっとした工事が主だったのでそれが本業みたいにみんな周りも思っているらしいが、ここのところ、水道など水回りの頼まれごとも引き受けて、これも結構喜ばれていい顔ができている。もちろん、そもそもの始まりの、小さくなった分野とはいえ、電気用品の販売は引っ込めていない。

もう一週間ほど前になる。あの時は骨を折った。マンションの一室なのだが、洗面台のシャワーへつながる伸縮蛇腹が水漏れして、見て欲しい、という頼みだった。もう二十数年たっていて劣化したのが原因だから部品の交換の工事となる。長年月のあいだに部品の細部も設計変えになってはいるが、合うようにはもちろんなっている。大したことはない、一時間もかからないと見積もったのが、建設以来、さわったこともないので固着して、回しても捻っても動かない。微動だにしない、とはこのことをいうのか、と、変に感心してしまったのと、作業する空間が狭いこと狭いこと、顔を入れると手が入らない、手を入れても工具が届かない、と四苦八苦した。手探りで感触だけで目を瞑ってスパナで掴んで回す。つるっと滑って外れる。三度試みてうまく行かず諦め、今度は方角を反対にして掴み、力一杯回した。そばの配管に当たってカチッと音がし、傷つけたかなとヒヤッとしたがこれは無事で、なんとか継ぎ手がはずれた。それだけで一時間かかり、熱い汗と冷たい汗を交互にかいてやっと仕上げた。本心では、これは、駄目か、できないか、と、途中何回か思った。できて、よかった。もしもできないで途中で投げ出したりすると、そこでこの仕事、この分野からの退場になる気がする。

そばで見ている客は、こちらがすいすいと工事を進めている、と、信じ込み信頼しきっているように見える。完璧に直してもらえると思っているように見える。そんなことはない。たいていの場合、みんな、違った設備と状況である。前にやったのと全く同じものは、まずない。メーカーが同じでも、使った客が違う。使い方が違う。すると、故障のかたちも違ってくる。

その翌日、続いてマンションの仕事が入っていた。ほんとうは、依頼はもっと早かったのだが、一度下見をして、数日は何とか我慢して待ってもらえると判断して遅らせてもらっていた。ほかの、待てないのを優先した。これも、前日と同じくマンションの分譲業者を通じての頼みだった。ただ、業者は違う。何軒かからこんな指定をもらっている。その日の依頼は、浴室の換気扇である。がたがたと異音騒音を発して、入浴中も怖い、という。多分十五年の使い続けで塵とかほこりとかでも付着してバランスを崩しているのだろうと見当をつけた。換気扇本体を交換する。簡単なようで、難しかった。新築のときは、換気扇を取り付けてから浴室を組み上げたに違いない。広いスペースで楽々とした作業だっただろう。こんどはびっしりと隙間のない天井から取り付けねじを外して小さなハンドホールから取り出し、また、新品を差し入れて固定する。皓司はこの日息子を連れて行って助かった。若さだろう、皓司より柔軟な手さばきができる。客が尋ねるので、ちょっと息子自慢をした。

「いいわね、二代目がいて。いまどき、後継ぎのこと、みんな心配なのじゃないの」

「まあね」

と答えたが、息子はまだ決心していない。それに、二代目ではない、継いでくれれば三代目である。本気になってくれるのを気長に待つしかない、せかせると、つむじを曲げて、飛び出すかもしれないのである。


このような手のかかる仕事ばかりではない。

「蛍光灯が切れたみたい、点かないの。ちょっと見て欲しいのだけど」

と、電話がくる。皓司は何種類かの蛍光管を持って出掛ける。電話では詳細があやふやで分からない。何ワットか、形は直管、円形管のどちら、色は白色、昼光色、昼白色、電球色のどれなのか、ついでに点灯管も持たなくては。合わなくて、出直す手間のほうが惜しい。取り替えは五分もかからないのである。代金は、困る。工賃も貰いにくい。結局、蛍光管と点灯管の、数百円だけ受取って、それでも、領収書をきって帰る。年寄りの未亡人。

「高いところは手が届かないの、お父さんが亡くなってから、なにもできない、有難いわ」

声を掛けてもらって、皓司は喜ばなければならない、これも大事な仕事、と感謝する。

もともとは、父親の進が始めた電気器具店である。皓司はその頃は生まれてすぐだったり幼かったりなので、見たことか聞いたことか混同するのだが、進は、戦時中、兵隊にとられて応召し、それでも少しは運もあって内地で米軍が上陸してくるのを迎え撃つということで房総の海岸陣地に配属されたのは、南方などで実際の第一線に身をさらして生死を賭けるのに比べると後で思えば気持としても追い詰められ方が違ったようにも思ったと父はいったが、それまでの機械工としての仕事を失ったのはやはりちょっとした痛手ではあったのだ。終戦で復員してみると、軍需の兵器部品をつくっていた工場は戦災も受けないのに物を生産できなくなり、戻ってきた進たちも職場がなくなった。家の者も、仕事のない父を毎日みるのは寂しいし肩身も狭かった。

みんな、それではどうするか、何をするか、迷いに迷うところは誰も同じで、ふと思いついて、電器店、ということにしたらしい。それまで、機械工場で働いていたが、もちろん設計したり試験をしたり、という技術者ということではなくて、決まったとおりに旋盤をまわし、一定の寸法の部品を作る仕事であったから、そんなことから思いついたのではない、と皓司は聞いている。すこし関係があることはあるとこじつければ、はんだごてやドライバーを使ってラジオをつくったり、ひとから音が出ないのでこのラジオをちょっとみてくれ、といわれたりすると少しいじくったりして音がでるようにする、くらいの、すこしは電波少年、年からいえば電波青年、というくらいのつながりになるかな、とも聞いたことはある。しかし、商売にするとなると、電気器具はそれでは何を扱うのか、なにしろ、普通のうちでは、三十ワットのタングステン電球が部屋ごとに一つずつ、真空管式のラジオが一軒に一台、もしも子供が中学生、女学生だと電気スタンドがあるか、と、これでほかは、電気器具はないのではないか。もっとさがすと懐中電池があったりなかったりする。こんなものだけを売って家業とできるのかどうか。商店街のおおどころは尾張屋呉服店で、これは通りに面して六間もあるガラス戸と一間の飾り棚でそのうえ横が路地になっていてそこにも飾り棚と入口がある、そんな立派な店で、花園町、といってもわからなくても「ああ、尾張屋のあるところだね」と目印になるのがある。父親の進は、そんな通りの、食糧が配給制で商売にならなくなった小さな間口一間半のうどんやが休業中なのを譲り受けて店にしたのだった。尾張屋や金物屋、それにはなやかさからいえば洋菓子屋もあって、もっともこれも材料がないので洋菓子ではなくて甘みだけはある干し柿やあまり甘くないおはぎをショーケースにならべたりしていたが、それに比べると、なんとも貧弱で見劣りのするのが父親の進の「花園電器店」である。自分の名前の早崎をつけなかったのは、早崎ではひとにはさっぱり分からないが、花園町なら市内の人ならまず知らない人のない地名だし、そうすれば尾張屋に匹敵する豪華な店を連想しないでもない、と考えたらしい。

実際、売るものは、うどんやのテーブルを取り払って据えた小さな展示台の上にまばらに置かれた僅かの商品だから、この狭い店舗の中なのに足を踏み入れると広々として見えた。皓司は幼稚園では尾張屋の娘もいて、目を合わせると、憐れみで見られそうなのでできるだけ避けるような気持になるのが幼心でもいやだった。

しかし、世の中は分からないもので、たらいと洗濯板でごしごし洗っていた洗濯の仕事が機械で出来ることがわかると、うちも私も、と、花園電器へ、大げさに言えば、押しかけてきた。その頃、主婦たちは赤ん坊を背中にくくりつけてしゃがんで洗濯するのが普通だったから母親にも乳児にもこの機械は福音だったのだ。このようなかさの大きい品物が出回ると、狭いけれども広々としていた花園電器の店頭が、予想もしなかった有様で手狭に感じられてきた。テレビという、家で映画が見られる機械が出てきて、これも、給料の何倍かはするのにまた売れた。テレビはさすがに註文を受けて運んで置いてくるだけでは使い物にならない。アンテナを立て、ケーブルを引かないと映らない。まだ小学生の皓司では手伝いはできない。皓司からみればずいぶん大人の青年がそんな時には手伝いにきた。最新の、文化生活の象徴のような械器を扱って、いまでは店先では作業服を着ていても使用人を指図して、背広を着た立派な身なりの客に見劣りしなくなった父親を、皓司はひそかに誇りに思ったりした。父親はひょっとしたら大変先見の明があるのかも分からないのだ。ひところ栄えた尾張屋は落ちぶれてはいないものの、洋装が次第しだいに普及し広まってきたせいで客足は昔ほどではなくなっているように見えた。今では、尾張屋の娘にも目を伏せないで顔をあわせられる気持だった。

テレビ、洗濯機から掃除機、冷蔵庫などまで広がると、店がますます狭くなった。一階の奥にあった茶の間を整理して二階に上げた。皓司の勉強机も二階に上げられた。売り場はちょっとだけゆとりができた。父親は註文の品を配達に行くと、運び込んで据えつけたりアースをとったり調整したり、と、ただ届けるだけの仕事ではすまないことが、放課後にあたる時にはついていって工具や部品を手渡すのを手伝わせられる皓司には分かった。面白かった。遊びに誘われても、「今日は配達があるから」と、むしろ、誇らしげに友達に言った。

家事がなんでも電気でできる、とは、戦争が終わったときにはこの町の人はだれも思っていなかった。もちろん、この商売にとりかかった父の早崎進もその一人である。自分でも家族にそういっていた。

「何も考えなかったのに。考えなかったのが良かった。考えたりしていたら不安だらけで踏み切れなかった。下手な考え、休むに似たり、だな」

しかし、皓司の幼い記憶では、自分を抱き上げて、恐ろしい顔をして長いあいだ空を見上げていた父親の姿が頭の隅にある。きっと、いろいろの構想を頭の中で、組み立てては取り崩し、そして、またそれをやり直していたのではないか。そんな時、皓司が何を言っても、上の空だった。

「お父ちゃんは運を摑んだ、戦争でも死ななかったし」

と母親の澄江はいった。

「皓司にも運を摑む力が伝わるといいわね」

といった。

大英断で、父親の進は後ろの空き地まで建物を伸ばし、高さも二階建ての木造を取り壊して三階のコンクリートブロック建てに拡充した。これで、だんだん大型になってくる冷蔵庫も陳列できた。華やかな電飾も電器店にはふさわしかった。時々は、メーカーが新機種を売り出すと、それに呼応して、新聞に折り込み広告を入れてもらった。

みんなの家で、電気器具を多く使うことが、文化生活の目安みたいになった。白熱電球が蛍光灯に変わった。進は、頼まれると出かけていって天井から灯具を吊り下げる工事もした。皓司も中学生の制服でついていって下から部品や工具を手渡す補助仕事をした。小さいけれどもちょっとした役にはたった。いまではお菓子も出回って、仕事のあとで、お茶やお茶菓子をご馳走になった。

まだまだ電気製品が生まれて来そうであった。アイロンが炭から電気になる。こたつも炭から電気になった。

花園電器店も、以前から手伝いに来ていた青年にのれんわけをし、隣の町に分店をだした。この商売を始めたころには、思ってもみなかった盛業であった。

きっと、あすもあさっても、来年も再来年も、この勢いは増し続けるだろう、そう信じられる日々にみえた。

同業の電器店から父親の進に話があった。同じメーカーのチェーンに入っていて、新製品の発表の会や、時には温泉へ慰安旅行にも一緒に行く。

「取り扱う品目も増えるし、かたちも大型化してきて、店舗も狭くなるだろ、この際、共同で大きい店を出してみたらどうかな、車も簡単に出入りできるところを見つけるということも考えて」

「たしかに店は窮屈にはなっている、しかし、一緒にやるとなると、どうかな。どっちの売り上げか分からなくなりそうだし、お客さんへのアフターサービスのことも考えないといけないのじゃないかな」

「お互い、一国一城の主ではある、しかし、戦国大名でも手をつないだりはしたんだろう」

「いまの店はどうする、そっくり移るのか」

「それは難しいことだね、どう考えたらいいのかな、すぐには分からない」

皓司も、増える一方の商品群を、子供心に嬉しく喜びながら、店主の父がいまの店舗でどうこなして行くか、気にはなっている。だが、自分の思い通りに、必ずしも押し通せるかがわからない共同化がどのようなことか、父は頭では理解できないらしいのだ。

「考えてみると、自分の才覚で自由に商売を進められるところに、生きがいがあるわけだ、そんなことではないのか」

とこだわっている。

「どこかで実際にそんな協業の話が出ているのか」

「この商売ではまだない。しかし、衣料品ではあるそうだ、仕入れも共同化で、有利な取引ができるらしい」

「やっぱり、こだわってはいけないのかな」

といいながら、頭の中では理解がいまひとつ進まない、自分の城が守れないのではないか。

皓司は父親のそんな発展も悩んだ過去も見てきている。大学に進学するころは、店は引き続いて好調であった。

「お前の好きなようにしろよ。おれは、旧制の工業学校しかでていないし、いまの学校のことはよく分からない。親のいうとおりにして、先へいって後悔されてもどうしようもない。自分で決めれば、自分のしたことだから、その時々でうまく行かなくてもひとを恨まないで済む」

父親は、店のことなど気にするな、と言った。

皓司はさしあたって特別関心の強い分野はなかった。絵を描くのは好きだったが、自分が人に飛びぬけてうまいとも思っていなかった。友人とも話して、これからは日本は経済立国だ、などということで、経済学部を志望した。故郷の町を離れて都会の大学に進学し、卒業して商社に勤めた。ごく普通の人生の始まりであった。結構忙しく、父親の店のことは関心から離れた。

会社の仕事は活況で、新入社員の皓司も先輩に引き連れられて客先を駆け巡った。忙しかったし、面白かった。こちらから持ちかける話が相手に受け入れられて成約すると、言うに言われない喜びがあった。ふるさとの「花園電器店」のことを思い出すこともなかった。

きっと、父も母も、仲良く元気に商売を続けているに違いなかった。

東南アジアに出張することがあり、そこのデパートの店先を覗いたりした。まだ、ふるさとの花園電器にならんでいるような電気器具はないようであった。皓司が幼稚園のころの父親の店にあった程度に見えた。久しぶりに帰省して親たちにそんな話をした。

「おまえも立派になったね。海外まで仕事に行く」

そういって喜んだ。

「おれは行ったことがない。戦時中、兵隊も内地だったからね」

そういって笑い、酒をついでくれた。

皓司が大人になった分、父も母も年取ったように見えた。父は自分の店の話をした。

「お前も知っている話だが、ちょっと昔、共同して事業を大きく運営しないか、と、さくら電器から持ちかけられたことがあった、うちがためらっていたら、ほかに持っていってね、新会社を作った。強敵だ。なに、負けないけどね」

「後悔しているのか」

皓司が聞くと、

「あちらも大きくなった分、苦労もしているようだ。うちは何でも自分で決められるんだが、向こうはそうも行かない、いちいち相談だそうだ」

などといった。

「新商品はまだまだ種類が増えていて、売るものも増えるよ。老け込んではいられない」

「もう、大人どうしの話ね、皓司も一人前以上なんだ」

母が横からいった。


皓司の会社は事業を強化するため、ということで、似たような規模の会社と合併した。以前から噂はあって耳にしたことはあったが、まだ管理職にもなっていない自分には他人事だと思っていた。それなのに、皓司の担当の繊維部門が相手会社の同じ部門と統合されて、彼は異動の対象になった。管理職にはしてもらったが、地方営業所に回されて、庶務担当となった。そんなものだろうな、と思う気持はあって了承した。いままで、普通の社員として落ち度なく仕事はしてきたしそれなりの成果はあったにしても、飛びぬけて貢献することもなかったから、と、特別不満はなかった。

くにに帰ったとき、父親にもこのことを話した。

「ふん、ふん」

と聞いて、

「どうかな、うちの仕事は、どうだろう」

といった。

「なに、突然。親父、元気にやってるのに、ずっとやればいいじゃないか。息子に渡したりしたら、その日から老け込むよ」

皓司が答えた。

「父さんはね、心臓がよくないの、知らせないで黙っていたけれど、このまえ倒れてしばらく入院した、店は私がそのあいだやってたんだけどね。昔、無理して、ろくに寝ないで働いたりしたのが今になって出て来たのかも」

皓司の知らなかった話を、母親がした。

「心配しなくちゃならないほどなの」

「それほどでもない、とは思う。でも、由美子も遠くへお嫁に行ってしまったしね、急な時には誰か相談したいわね」

妹の名前も出して、いった。

ふと、皓司は、会社のこの前の異動は、自分にはこれまでとは違って仕事の面ではもう大きな期待はしていない、と読み取っていいのだったのかな、と、こんな話と関連なく思った。今になって思いつくのは気の回りが商社員としては何か鈍ったのかとも思った。

父親が二度目の入院をした時に、皓司は会社を辞めた。未練はないわけではなかったが、大きな決断という気もしなかった。転勤の一つ、という気持とも言えた。まだ、家庭電器は新製品も発表され、引き継いだ、というよりは、父親と一緒に商売を伸ばして行く、という気持で張り切り、思い切ってよかった、という心境になることができた。

こんな時、この前、父が加わるのを断わった同業の連合合体した会社が、さらに他の地方のそのような合体会社と手を組んだ。規模はもうひとつ大きくなった。なにか不気味な動きに見えた。

しかし、近くにはそんな会社が新しい店舗をかまえる気配はなかったし、耕司の引き継いだ花園電器も、新製品を取り扱うと、今までどおり客が来店して賑わった。

父親には逐一報告していた。激しい動きを医者から止められている父は、何かと意見を言ったが、最後には「まあ、お前に任せたのだから、いいと思うようにやれ」といって話が終わるのが常となった。気の弱りもあったと思うし、そのせいもあって、実務の判断が苦手になりつつあるようにも思えた。

そんなことで、花園電器にとっては、皓司のこの前の、この仕事に専念することにした決断は、まあ、結果的には、見当はずれではなかったようであった。皓司が、いわばこのさい二代目の立場となって取り仕切るのは、時宜を得ている、という表現があてはまると人はみなした。

何年か経つうちに、父の進が死に、花園電器のある市の郊外に大型の電器販売店が店を出した。新しい広い道路が開通するとすぐのことであった。自家用車に乗って、街中からも、さらに郊外からも人々が押しかけると聞いて、皓司も隠れるように見に行った。何百台も駐車できそうな広い駐車場がその建物を取り囲んでいた。もっと前から、食品や衣料品の似たような大型店ができている。かつては街の中心だった花園町は、道が狭い上に駐車場もなくて客足が減っていた。そんな大型店に出店することで元の店を閉める店舗が幾つかあった。昼もシャッターを下ろしているところもあった。

時代が変わったのかも分からないと皓司は恐ろしさを感じる。電器の大型店はかつて協業を呼びかけてきた同業者が発展したものの筈であったが、しかし、もともとはこの地方に関係のない業者が主体のようであった。花園電器にむかし話を持ってきたこの土地の同業者は、何回か合体を繰り返すうちに大波に呑み込まれるように消えたのではないか、と皓司は思った。探しても名前は経営陣の中には見つけられなかった。

あの同業者たちはどうしているのか気になった。調べて分かった一つが手本に見えた。電器を設置する資格の電気工事士を活用してその大型店が売った商品の据付工事を請け負っている、という。一つの店からの依頼だけではなく、スーパーの電器売り場の商品も引き受けている、との話を聞いた。その業者は、合同の際、店は手放してそれに参加したから、もう、自店というものはないのである。電気工事の専業になっている。満足できる結果か不満な結果か、はたからは推測できないが、いちおう時代のなかで生きている。

皓司は、思い切って社名を変えた。「早崎電設工事」とした。まだ店舗はある。売れるものは売る。昔なじみの客は、アフターサービスも行き届いていた父の時代を忘れないでいてくれる。この新名称で、ちょっとした電気工事も頼みに来てくれるに違いない。大型店は安いかもしれないが、故障、不具合の時が心配である、と近所の人が言う。そんなことを売り物にしたい。建築工務店にも頼みに行く。頭を下げるのは得意である。商社の昔、何千回とお辞儀をし相手のふところに飛び込んだ。それが生きた。新築の家の組み込みの電気製品、もちろん、調達と工事、セットで引き受けます。その部分をお任せ下さい……。マンションの分譲業者にも食い込みたいのだが、これは相手が大きい分、指定を獲得するまでには時間がかかるだろう……。

もう少し前に気付いていたら、もっと楽だった、住宅やマンションの建築はブームを過ぎている……。でも遅い、ということはない。今なら逆にちょっと前を行くひとの姿が見える。手本が見える。

仕事を始めると、副産物があった。今までに組み込んだ照明をもっと明るくしたいと客から頼まれた、と、建売を売った工務店が言ってくる。他の業者が取り付けたものだが、補修はやっていないというので引き受ける。新築物件に食い込むつもりが、建って数年十数年の家からも頼まれる。

こんなのがあった。照明を明るいのに取り替えに行き、それを終えると、

「あんたのところは、こんなのは直さないの」

と聞かれた。風呂の栓の、水量の自動調節がきかない、温度の調節も狂ってきた、何とかして欲しいのだが、といわれる。水栓を取り替えればすぐ直りそうだが、なにか資格が要るかもしれない、と慎重に受け答えする。その専門の工事業者にしばらく弟子入りし、ちょっと時間をかけ資格を揃える。

電気器具の販売が出発だった。時が幸いした。新しい製品が次々と出て、みんな嬉々として飛びついた。失敗がなかった、とはいえない。時々こっそり大型店を覗きに行く。パソコンがある。デジタルカメラがある。あんなものは事務機専門店、カメラ店で売るものと思っていた。そんなものの専門知識は皓司にはない、そんな、商品の知識もないのに売る気持がわく筈はないのである。こんな気持をもったのは、間違いだったのか。皓司が思う専門知識

とは、そのものを熟知していること、故障したら修理し元通りに直せること。きっと今の大型店の社員たちの知識とは、経済学の知識、商学の知識、どのように展示すれば売れ行きがあがるか、在庫管理はどう効率化するか……。

早崎電設は、工事や修理にいま重点を移して、なんとかやっている。皓司は、電器の販売が大型店主体になったのを、少しは寂しい気持で眺める。何回かの呼びかけを断わったのは、正しかったのか、まずかったのか。こだわらなくてもいいことにこだわった、依怙地に過ぎたのか。皓司は振り返ってもどうにもならないことを、性懲りもなく、振り返る。

都会の、一流でない大学へ行って、卒業して、小さな会社に数年勤めて、その会社が他に合併されて、仕事も縮小になって、と、皓司とそっくりのような経過を歩いた息子が、今、その妻と一緒に、家にいる。皓司は声をかけてみる。

「どうする、今日は、マンションの仕事が入っているけど。暇なら一緒に行くか。無理に、とはいわないけど」

「じゃあ、そばでちょっと見せてもらおうか。俺が運転する」

このごろ、電気の工事のほかに、水回りの修理も依頼がふえた。ひところの、建築ブーム、マンションブームで建ったのが、十年二十年たって、本体はしっかりしていても、目につきにくい小さなところにそろそろ傷みが出てくる、そんな時期にさしかかっている。電気工事に閉じこもらなくてよかった、家々のこまごました故障、水回りなども幅広く引き受ける、重宝がられてきているると思いたい……。

「おふくろが昔言ったよ。親父は運の強いひとだった、それを引き継ぐように、ってね、いい時に、生きている、のかも」

息子に言って、

「お前もじいさんからの運をしっかり受け取ることだね」

多分、いま変える新しい社名が、運をもっと呼び寄せる、そして、三代目になるかもしれない息子にきっと、引き継いで貰える……。大きくなくても、中身の詰った、いい会社……。

「新明町の、『マンション有明』の山田さんのところ、明日でも行ってもらえますか。台所の換気扇が調子悪いんだって、まず見て、直れば直す、ともかく行って見て下さい」

「そうですね、時間は作ります、多分、直るでしょう、でなければ更新ですね」

「ついでにエアコンもちょっとおかしいので見て下さいとのことでした」

夕食の箸をとると、マンションの分譲会社から電話が来て、こんなやりとりをし、皓司は予定を書き込む。地図を確かめる。

「忙しいのがなにより、明日の天気は」

と地域の予報を確認して、

「お前、明日も一緒に行くか……」

息子に一声かける。

曲面鏡《カーブミラー》近景

「誰かがやらなければならない役目でしょうから、皆さんのご意向がそういうことでしたらお断わりするのもどうかと思いますので、引き受けさせて頂きます。ほかにもともとの仕事ももちろん持っていますので、十分なことができるかどうか心もとないですけれども、皆さんのお力を頼りにして何とか努めたいと思います」

少し勿体ぶって格好をつけた言い方だと自分で思ったが、そんなことを言って引き受けた。このマンションに入居して十五年になる。各室の持ち主が構成員となって、逆に自分たち個々の持ち物ではない廊下や階段、エレベーター、上下水の配管、更には中庭前庭の植木などまでの共有の設備をおもりするのが管理組合で、その役員、というよりも、世話係、といった感じの仕事だが、今年ははじめて小堀哲也のところにそれが部屋の順番で回って来た。新しい年度の役員の分担を決める会合で、どういう行きがかりか哲也に管理組合の理事長を引き受けないか、と声がかかったのである。もっとも、今の年度の理事長をしている今

里が、今年の年明け早々に立ち話で
「今度はお宅が役員の番になるね、何か役をやったらいいと思うよ、勉強になるよ、適度の刺激にもなるし」

と言ったことはあった。

「あまり負担にならないのなら仕方ないけど。重いのは勘弁してもらいますよ、ほかにもたくさん人がいることだし」

しかし、旧役員も出席して新役員の役割を割り振ることになったとき、誰もが口をきかず黙りこくっているとしびれをきらした風に今里が口を開き、

「小堀さん、どうですか、建設以来ずっとの入居者ですし、ここはひとつお引き受けになっては」

と言うと、みんなが急に多弁になり、

「そうだ、そうだ、それがいい。うってつけだ、はまり役だ、最適任だ」

と言い出した。建設の当時からの方ならほかにも、たとえば松島さんでも佐藤さんでも、と哲也は言ったのだが押し切られてしまい、どうせ引き受けなければならないのなら、ぐずぐず言って、それでも結局断わりきれずしぶしぶに、というのは見苦しい。それならいっそ格好よく、と見えを切ってみる形をやってみた。

ちょっと嘘を言った。ほんとうは、哲也は、四十年来の長い間の仕事は三年前に終えて、今は、もとの勤め先の相談に乗るくらいの役割である。週の半分は家にいる。そんなことも知る人もいるからささやかな言い回しの嘘は見抜かれたかもしれないが、その程度は許されるだろう。そういうことでマンション管理組合理事長を引き受けたのがつい先日である。たしかに忙しい勤めでも持っていると、マンションで急に何かが持ち上がったときに間に合わない。ほかの役員がいるにしても、とっさにはよく呑み込めないし、処置が遅れる。あるいは、日中にちょっと出かけて地区のことで打ち合わせや話し合いをして来るにしても、勤務と都合をうまく調整できるかどうか、と、問題はある。その点、半分隠居みたいな哲也のようなのが向いていると言えばそうも言える。

今までは、不熱心な管理組合員であった。一年に一度の総会にも、三年に一度ほども顔を出さず、回ってくる回覧板でマンションの動きを知るくらいである。廊下の蛍光灯が切れかけて点滅していても、

「管理人はなにしてるんだ。怠慢だな」

とぶつぶつ呟いても人には言わず、三日ほどして交換されると、

「遅いんだよな、やることが」

とまたひとりでぶつぶつ言った。

多分、理事長になったら、こんな時には管理人をつかまえて柔らかな言葉物腰で注意を促し、ごみが通路に落ちていたら、自分で拾うと同時に、これも管理人にひとこと小言を言わなければいけないのであろう。

帰って妻に、

「理事長を押し付けられたよ、のんびりするはずの『老後』がぴりぴりしたものになるかも。えらいことになった」

と言い、

「まあ、退屈至極な老後よりもいいんじゃないの、ぼけるのが防げると思うわ」

そんな答えをもらった。

「そんな個人の都合で、いちいちそうですね、と許可するわけにはいきませんよ。我々、市は、公共のために仕事をしているのです、市道は貴重な市民の財産なんですからそこに単なる個人の便宜のための物件を、たとえ、その個人が自分の負担で設置するとしても、それは駄目です」

市役所の道路課の窓口で、いきなり叱りつける口調で厳しく拒否された。

敷地の北側を走る幅五、六メートルの市道に面して、建物本体と挟んでこのマンションの一つの駐車場がある。幅三十メートル、長さ四十数メートル、五十台ほど、自家用車が並ぶ。ここの進入路を出入りするとき、右ひだりから走ってくる他の車がよく見えない、いや、ここに駐車場があることを無視して猛速で突っ走るのだから、危なくてしようがない、何度も鼻先をこすられそうになった、今まで十五年のあいだ大きな事故が起きなかったのが不思議なくらいだ、カーブミラーをつけて安全なようにして欲しい、そんな声が前期末の理事会で出て、

「そうですね、では次期の理事会でよく考え審議してもらって適正に処理して頂きましょう」

話を口に出しただけで、判断も実行も次年度にお願いしましょう、とし、申し継ぎ事項として、よろしく、と告げられた。

哲也が今年度はじめての理事会でこの件を諮った。

「曲面鏡というのでしょうか、普通、カーブミラーといっています。交差点や三叉路などで左右が見通せる反射鏡ですが」

そう言って提案すると、

「そうだ、そうだ、今までもみんなで言っていたのだが、誰も取り上げなかった。いい提案だ。賛成。我々の理事会の初仕事として実行しよう」

と意見が一致し可決された。

「具体的な取り進めは理事長さんにお任せしよう」

となった。

交通安全の問題だからと、警察署に行くと、

「信号機とか速度標識なんかはうちですが、道路にカーブミラーというと、管轄は道路の管理者ですね、国道なら建設省の出先、県道、市道ならそれぞれの道路課、みたいなところですな」

そう言って地図を出し、哲也がマンションの位置を指で差し示すと、

「この場所なら市役所の受け持ちですよ」

と丁寧に教えてくれた。その足で市役所に来たのである。役所もこのごろは親切だな、という印象であった。そのつもりが、いきなり声は抑えてはいるものの、頭からの拒否反応で罵るのである。

「個人ということではないですよ、我々のところは百六十世帯、六百人ほど居住するマンションで、その車の出入りの安全確保のために、ここの市道の端っこにカーブミラーを立てさせて頂きたいのです。建設は我々が費用も工事も自分たちの責任と負担でします。市道をほんの僅かだけ使わせてほしいのですが」

と言い、

「私はこの六百人の意向を代表して申し入れをしているのです」

と理事会の議事録まで見せて言ったのに、つっけんどんさはもっと激しくなった。こちらも大声になるところを無理に抑えて頭を低くして説明するのに、

「マンションだろうが六百人だろうが、個人は個人なんだ、そんな私人のわたくしごとのために大事な公《おおやけ》の貴重な財物を勝手にどうこうされることは許されないのです、市というものは公共のためにあるのだよ」

と切り口上を繰り返し、哲也を振り切って自分の机に帰ろうとする。

「はいそうですか、分かりました、と納得するわけにはいきません。すこし検討してみて下さい」

「しつこいね、駄目なものは駄目だよ、こっちも暇じゃないんだ、仕事もたまっているのですよ、大事な市民のための仕事がね。もう一度言うけど、何百人でも個人は個人、それの言い分を聞き入れて、一人や二人の個人の言うことを認めないと言うようなことはある訳がないのです。一軒一軒がみんな市道にそんなものを作らせろ、と言って来たらどういうことになるか考えなくても子供でも分かることでしょうよ」

理にかなった言い分かどうか、とっさには判断できないが、黙って引き下がることはでき

ない。

「我々は個人住宅とは違いますよ、六百人の市民の大集団なのです。一つの町みたいな集団ですよ、市の大きな構成要素です。それを、一軒の個人住宅と同じだというのですか」

何十分という感じで説明しても態度は変わらず、もうこれは埒《らち》が明かない、と、今日のところはこれで止めにするかとも思い、最後のつもりで、

「分かりました。市の言い分は納得したわけではないですがお聞きしました。ですが、仮に市道をこれくらい使わしてもらえば使用料はどれくらいですか」

「まあ、年二千円、ってとこだわな、しかし、仮定の、いや、架空の話ですからね」

相手はあとは追っ払うように右手を目の前でひらひら振り、席へ戻って行く。警察署で受けた公務員への好印象は何だったのかと憮然とする。

哲也の差し出した名刺を親指と人差し指で汚いものにさわるように摘まみ、自分は名刺を渡さない。胸の名札は伊藤となっているのを哲也は目に焼き付けて睨み返し退出する。

庁舎の外へ出ると、日差しの強さがまぶしかった。哲也はふうっとため息をつく。

「子供の使いだな」

と自嘲し、

「まあ、喧嘩にならなかっただけでもよしとするか、もう少しで怒鳴るところだったね、危ない危ない」

と独り言する。

あの伊藤という職員も、あれはあれでも市役所のきまり通りには発言しているのであろう、市の条例のどこかに『市道には通行の障碍になるものを設置してはいけない』というふうに書いてあるに違いない、と推測してみる。彼なりに間違っていないのだ。

「でも、駐車禁止や速度規制の標識もあるのだから、自分なら『但し、利用上、止むを得ない場合はこの規定に拠らない』と書き足すことになるのかな」

と苦く笑う。自分がいま持ってきた申し立ては、この但し書に当てはまるのか当てはまらないのか。


月が替わって、また、マンションの理事会を開く。エレベーターの法定点検がいつに決まりました、資源ごみの回収の分別がまだ徹底していませんので担当委員はよろしくお願いします、……、日常処理の、いってみれば月並みの議事を進めてから、問題事項の説明にはいる。

「警察署へ行ったら市役所だと言われてそちらに回ったのですが」

と経過を話す。

「でもね、そんなことになりまして、まだ何も進展しておりません」

すると、

「市というのは市民の言うことは聞かないけれど、市議会議員の言うことなら何でも『はい、かしこまりました』って聞くそうじゃないですか、議員に頼んでみたら」

「だれか、親しい議員さんをご存じですか」

「この前の選挙で投票を頼みに来た森恒夫さんなら聞いてくれるかも」

そんな話が出る。と、

「あれは嫌だ、あんなのに頼むと次の選挙にこのマンションから何票まとめてくれ、とか……」

「それじゃ、他に誰かいい方でも……」

「そんな、裏口入学みたいなことは好きじゃないね」

「正々堂々とやって下さい、こちらが正しいのだから」

「そんなこと言っても、できなきゃ何にもならない」

「裏口でも何でも、大人の解決で行きましょう、大人の……」

「正しいことが通らないはずはないのです。市民が言って拒否されて、同じことを議員が言えば通るなんて絶対おかしい……」

出席者それぞれがまくし立てて結論にはならず、また、

「この件はこれからも理事長さんにお骨を折ってもらいましょう」

と終わる。


この前は市役所は様子見かたがたこちらの要望を口頭で申し述べてみた形だったが、あっさりと担当者に鼻であしらわれ門前払いを食らったということで終わった。理事会の議事録の写しは手渡したが、向こうは目を通したかどうかは分からない。

もう一度、こんどは、管理組合理事長である哲也と、マンション自治会長との連名の申し入れ書を持って、行った。理事長の哲也は同時に自治会の副会長で、自治会長は副理事長である。あのとき、理事のなかから、市は市議会議員にも弱いが自治会にも弱い、という発言があった。それで連名にしてみたのである。

伊藤という前の職員がまた出てきて、

「ほんとにしつこいですね、一応受取っておきますが、何度来られてもこちらの見解は変わりませんよ」

「自治会長名も連名にしてあります、ご覧になればお分かりになると思いますが」

「それはそれは。でも申し立て者がどなたでも、内容が同じならこちらの判断も同じです」

それから、

「この前も言ったと思いますが、申し立てた人の数が、三百人なら認める、じゃ二百九十九人では駄目なのか、あるいは、百人と九十九人では、といった具合になって、線を引けるものではないのです。ですから、個人は何人になっても個人なのです」

前回よりは、少し筋の通る理屈らしいことを言った気もするが、無愛想な態度はまったく変わっていない。


居住者の一人、水越ゆかりが電話で言って来る。

「駐車場を出ようとしたとき、車のフェンダーを右から走って来た赤い軽自動車にこすられた。塗料が剝げて、目を近づけて見ると、かすかにへこんでいるのが分かる。相手はそのまま逃げて走り去ったけど、向こうの方が傷は大きいんじゃないのかな、ぼうん、とすごい音がしたわ」

「警察には言ったのですか」

「いや、相手が分からないし、こちらも我慢できないほどじゃないから言わなかった」

この前、カーブミラーの設置で相談した警察の警部補に電話してみる。

「いや、聞いていません。被害が小さくても一応届けて欲しいのですが、まあ、本人次第ですけど」

そう言ってから、

「カーブミラーは、まだつけていなかったのですか、早く出来上がるといいですね」

市へもまた行って、この事柄もあわせて言う。

市の方は、

「警察には届けていないのでしょう、そんな、公式記録は何もないのだし、カーブミラーが設置されていても防げたことか、証明できないですよ」

あのあと、市から何か反応があるか、と毎日待っているが、まったく音沙汰がない。日にちが無駄に経過してゆく感じである。

理事長にはほかにいろいろと雑用のような仕事があることが分かってくる。車を買い替えたので車庫証明が欲しい、と管理人を通して言ってくる。マンション第二駐車場の、場所番号……番、と証明印を押す。部屋のリフォームをするので届けます、はい、分かりました、お隣や上下のお宅にもお断わりしといて下さい、……ときには、駐車場に置いたマイカーにいたずらされて傷がついた、というのもあったりする、警察に取り次ぐ。

こんなことなどは、気に病むことにはならない。いわば、機械的に、反射的に、「はい、はい」と進めるし、進んでゆく。すると、いっそう、あのカーブミラーの件が際立ってきて頭を痛めてくる。

「こんどは本当に事故になるのでは。もしそうなったら、市に怒鳴り込まなくてはならないのだろうか、それとも、被害を受けた居住者に修理代を支払ってやらなければならない局面となるのだろうか」

理事会に諮る情景を思い浮かべると、

「それは、理事長さんに設備の設置を一任してあるのですから、怠慢で遅れているうちの出来事だとしたら、理事長さん個人で負担して頂くのが順当ですわ」

「設置を認めない市に責任があるのでしょうよ」

などとまたわずらわしい議論になる、そんな場面を頭に描いて、大きなため息をつく。

哲也は、心理の上で何となく追い詰められてきているのを感じる。理事会は月に一度だし、役員たちと顔を合わせるのもそのときだけという人も多いので、面と向かってカーブミラーの件はどうなっていますか、と訊かれることは滅多にない。

しかし、自分もこの駐車場を使っている。出はいりするたびに、去年までは考えなかった、ちょっとした圧迫感を頭の片隅に覚えてしまう。真っ先に、自分がここで出あい頭の衝突事故を起こしてしまう場面を、ふと、目に浮かべて、あわてて頭を振って打ち消す。

やはり、裏口からの、ちょっとした邪道、とまでは言わなくても、やましさが伴う市議会議員を通す、姑息気味の味の悪さはあっても、駐車場利用者の安全を確保することがまず優先なのではないか。あのとき名前の出た、森という市議会議員、あるいはほかの誰か理事の懇意な別の議員でもいいが、そんな人を紹介してもらって、大義名分はさておいて、実利実効を採る道がいわゆる大人の解決なのかもしれない、と思い迷う。

「しかし、だね」

と、自分で理屈を組み立てて、すぐ、また、自分で疑問符をつけて打ち消す。

前の理事長の今里に会ったとき、

「例の、カーブミラーの件、どうなっていますか」

と言われて、

「ちょっと悩んでいますよ」

と哲也は弱気を見せてしまう。

……早く片をつけたいし、さりとて、裏口、とまでは行かないけど、横口からの手段もどうかと思って、……そうだね、変に義理なんかが絡んでくるのも嫌だね、……なにかいい知恵でも貸して頂ければ、……まあ、焦らなくてもいいんじゃないの、長く使うものだし、少々時間がかかっても後腐れのないようにしたほうがいいね……

そうだよね、これから五年も十年も、いや、もっともっと長く使うことになりそうなカーブミラーなのだ、それを目にし左右を確認するたびに、斡旋してくれた市議会議員の顔を思い浮かべ、苦い気持を味わうことになるとしたら、それはやはり自分の『好み』とはいえない、と、哲也は気持の振れをようやく収れんさせる。

それにしても、気持だけでは仕事は進まない。何かいい方法に行き当たらないものか。

「あれはどこの子だろ、うちのマンションの子だったかな、ちょっと印象にないけど」

目の前を走って行った少年にはあまり見覚えがない。朝出勤どきに登校して行く子供たちの集団にはよく出会い、なんとなくではあってもこのマンションの少年たちなら分かるのだが、と、そばにいる管理人の矢田に聞く。

「ああ、向かいの小山田さんとこの子ですよ、ここに友だちがいるのでよく遊びに来ていますす」

なるほど、それで矢田に会釈して手を上げて行った。

「よく知ってるんだね」

「まあ、それほどでもないですけど、親御さんとも立ち話くらいはします」

道路を隔てて小山田の二階家がある。こちらに面して垣根の向こうに明るい庭がひろがっていて、つるばらや山茶花などの花木が植わっている。花の咲く季節は、道を通りながらでもそれを楽しめる。

あそこの庭の道路寄りにカーブミラーを立てさせてもらえないものか。哲也はふとひらめく。考え考えして市から一蹴された、市道ぎわの候補地点とは十センチほど後ろになるだけ、同一地点といってもいいくらいである。

「矢田さん、あの小山田さんとはどの程度懇意なんですか、ここんところ、カーブミラーの設置で私は行き詰って往生してるんだ、小山田さんちの庭、道路ぎわをお借りして立てること、いま思いついたんですよ、紹介してもらうことできないかな」

「それほど親しくはないのですが、理事長さんが行かれるのだったら、横に立って頭下げる程度はできますよ」

「頼んだら聞いてもらえるだろうか、それとも、市よりもっともっと頑固かな」

「それは何とも分かりませんね、気はよさそうな感じですけど」

「希望がかなえば最上、駄目でもともと思って、ひとつ、伺ってお願いしてみることにしますか」

これまで道路の端しか考えたことがなかった。新しい着想に哲也は久しぶりの高ぶりを覚える。

「市が認めないようなものを、なぜ私たちが引き受けなければならないのでしょう」

小山田夫妻は、とんでもないことを聞かされるものだといった口調で断わりを口にした。

哲也は管理人の矢田を伴って、先ごろ思いついた、カーブミラーを庭の隅っこの位置に立てさせてもらえないか、という話を持って訪ねて来ている。少しの不安はあっても、受け入れてくれそうな、根拠はあまりないのだが、市の職員のような、あとで面倒を引き起こすかもしれないことは一切不認可、という杓子定規のことはない、と、かなりの期待はあったのだ。

「庭は、これでも一応は見映えとかバランスなどを考えて木々などを配置しているつもりなのです。よその方から見たらなんの風情もないように見えるとしても。そこに、大きなそんなものを持ち込んだなら、今までしてきたことが台無し、ってことになりますね」

がっかりとする、と同時にその言い分には納得する。人にはそれぞれ自分の考えがある、こちらの考えが間違っていないにしても、相手の考えもそれなりに正しいのだ。

哲也はまた出直さなければならない。

一瞬、いい着想、これならいけそう、と思った。それは、やはり、単なる思い付きだったとしか言えないのか。また、苦慮を繰り返した末で否定した『大人のやり方』の考えに立ち戻らなければならないのか、そうだとしたら、そのやり方に賛意を示さない数人の役員にも同意してもらうよう説得することを本気で探らなければならない。


外出から帰ってくると、なんとなく玄関前の雰囲気がざわめいて、四、五人のマンション居住者が立ち話をしている。哲也は月に一度、かかりつけの内科医院へ行く。血圧の診察と投薬のためだが、いままでは定例的なもので特別異常があるわけではない。その帰りである。自分の区画に車をおいて、そこへ行き、話に加わる。

「何があったのですか」

「子供の自転車どうしがここでぶつかったの、びっくりしたわ」

「怪我したのですか」

「そこの山野外科で診てもらったそうだけど、かすり傷だけですって」

管理人ならもっと詳しいかと思って管理室に聞きに行く。

「どこの子なの、うちのマンションの子供ですか。骨折なんかはないのだろうね」

「それが気になったので山野さんにつれてったけど心配なし。一人は一号棟の川村さんとこの子、もう一人は向かいの小山田さんとこの子、二人は友だちで、うちから出ようとしたのと入ろうとしたのとでぶつかっちゃった、一応交通事故なので交番に電話して来てもらった」

「それで、そこでミニパトカーとすれ違ったのか、まあ、その程度ですんでまずまずだね」


その晩、向かいの小山田夫人から電話が来る。

思いがけないことである。この前、カーブミラーのことで頼みに行ったが、無理とは言えない理由で断わられた。仕方がない。市の言うことよりも筋が通っている。それ以来、会っても話をしてもいない。


「今日は息子のことでご迷惑をかけました。山野さんまでつれていってもらって有難うございました」

「いえいえ、大したことにならなくてほんとによかったですね」

そんなことを言って、

「あしたちょっとお話できれば、と思うのですが、主人も一緒です」

とのことで、

「承知しました」

と約束する。

翌日、会うと、

「いやあ、大ごとにならなくてよかった、昨日のあの時」

「そうですね、ほんとうに」

そうして、

「この前のお話、言ってこられた通りにお受けしますよ。先日は理屈にならないような屁理屈を言ったりして、大人気なかったですね。自転車どうしでよかった、相手が車だったら、と思うとぞっとします」

嬉しいですね、感激です、雨降って地固まる、ってのかな、この言葉でいいのかな、と哲也は何回も頭を下げる。

「使用料は払います、市は嫌味ばかり言って、しかも使わせてくれない、そう言いつつも、仮に貸すなら年二千円といいました。小山田さんはご自分の言い分を引っ込めて貸して下さるのですから三千円ではどうですか」

いいですよ、おっしゃる通りで、但し、ミラーは小さめのにして下さい、あまり圧迫感のないような……それから、何かの理由、たとえばあの場所まで建屋を延ばす、とか、でこちらが申し入れたら撤去して頂かなくては、……それは勿論です、お宅の土地ですから、……それでは堅苦しいですけど、簡単な契約書の案を作ってみます。出来たら持って上がりますのでご検討頂くこととして、……

哲也は帰宅しても興奮が収まらない。何度も何度も妻に繰り返ししゃべってしまいに煩がられる。

すぐにもみんなにしゃべりたいが、次の理事会まで待たなければならない、まだ半月、管理人にはすぐ言った。矢田管理人は、

「材料があれば私が施工します。私は定年までは……社の……工場で施設整備を担当していました。自慢するのではないですが、電気工事士、溶接技士、ほか幾つもの工事の資格を持っています。私の腕を使わない手はないですよ。管理人の仕事時間にやりますので工賃無料、十年保障です。多分街の業者に頼むと、腕はほどほど、保障は一年、材料込みで十万円、というところでしょう、理事長さん、ホームセンターで部品を買ってきて下さい、二万円するかしないかだと思います」

と言う。哲也はおおらかに答える。

「いいね、いいですね、その通りにしましょう」

理事会の日が来て報告し、次の日に施工をし、完成したカーブミラーの根元にお神酒を注ぎ、あらためて安全を祈願する。

「そうだね、市に出してある申し入れ書を取り下げて来なければ」

市役所へ行ってその旨申し出て、書いてきた取り消し手続きの書類を手渡す。相手の言葉は、

「そうですか、それは目的を達成されて結構なことでしたね、市側としては何のお役にも立てなかったようですけれど」

皮肉をまじえ厄介払いが出来てよかったというように言われて、ひょっとしたら気ばかり揉んだこちらの独り相撲だったのか、とも思い、でも、独り相撲にしても恥じることのない堂々とした勝ち相撲だったのだ、と哲也は心のうちで勝ち名乗りを上げる。

帰って来て、妻に一連のことの完結を言う、黙ってはいられない。

妻はこれを聞いて、

「じゃあ、今晩はとっておきの特撰大吟醸酒に鯛のお刺身ね、ビフテキもつけましょうか」

悲母日録《ひぼにちろく》

遠い昔からの馴染みの水野素子から電話があって、

「ちょっとあなたには失礼かも知らんとも思うんやけど、わたしの姪で、もう三十ちょっと出とるんやが、叔母の目から見ると、まあ、そう悪い子でもないようやし」

といってきたので、

「水野さんの話なら信用できるにきまっとる、でも、本人に聞いて見んと、はいはいと返事するわけにもいきませんので少し待ってもろうてもいいかしらん」

脇田美季子がそう答えると、

「それはそうや、なにしろ、お宅の長男さんやったらどこからみても申し分ない方に違いないし、それに比べるとこっちのほうはご存じのとおりなんやから、でも、まあ、普通以下ということもないとは言えるかなあ」

ということでその日の話は終わった。

「ほんとに、気は引けることは十分わかっとるけど、縁というものはほおうっとってもひとりでつながるものでもないし、ね」

切りかけた電話に、もうひと言、未練を残して向こうが付け足した。

息子の透への縁談話である。

水野素子とは、子供たちがまだ小学校中学校といった頃に、ＰＴＡの役員などを一緒にやって、そのあと、高校は別々になったのだが、親も子も、深くはない、なんとなく、といった付き合いが続いている。

息子の透はもうすぐ四十になる。ずっと前から電機メーカーに勤めて、東京にひとりで住んでいる。このまえ素子に会ったとき、話が家族のことにふれた。美季子は、いまは息子のことにはあまり話を持って行きたくない気持がある。昔は自慢の子だった。しかし、そんな自慢は心の中にしまって外には出さないように心がけたつもりで、でも、高校などの同級生の親たちはよく知っていて、それを自分の知り合いにも話のついでに持ち出したりするから、それを又聞きした直接は知らないひとからもそんな話が出るときには、つい嬉しくなって、無理には否定はしない、という程度のことはなくはなかった。

このごろ、息子は仕事のことをめったに口にしない。どんなことをやっているのか、と聞くと、会社に入ったはじめのころは結構話した。もっとも、聞いたことがあまり分からない

から感心して、
「難しいことをしてるのね、わたしにはよく理解できんけど、しっかり遅れを取らんように
お祈りしてるわよ」
などと言っていたのだが、数年すると、
「言ってもわからんやろうから」
という言葉に変わり、最近では、
「うん」
とだけしか言わない。仕事がうまくいっているのかいないのか、美季子も本心では知って
おきたいのはやまやまなのだが、顔を合わせても近ごろは深くは聞かないようにしている。
なにか、行き詰っているのかも知れない気もする。いい仕事をしているのであれば、少しは
会社の秘密であったりしてべらべらしゃべる訳にいかないにしても、せめて親だけにでも
ちょっとだけでもほのめかしたいだろうに、と思いやる。黙っているのはそうではないのか
知らん、と親子でも遠慮が出る。去年夏の休みに三日ばかり帰ってきたときには、心を決め
るみたいに少ししつこく聞いたのだが顔をそむけて返事をしなかった。それでは、と、自分
から話しだすのを待つつもりになったのに、話し出さなかった。
「透くん、と言ったか知らん、よくできる子やったと思うけど、今、どうしておりなさる、

いい会社にお勤めやったわね」

と先日も言われた。ここのところひとに言うほど息子の仕事の中身は知らないので適当に話をあわせて、

「でもね、問題は、まだ独身なのよ、これがとても困ったこと」

とつい愚痴になった。

「内孫がおらん、それがいまひとつものたりん、贅沢いうてもいかんけど」

言ってから、よけいなことまでを、と、後悔する。

「ふうん」

と素子が言った。

そのとき、美季子はちょっと前までのように、

「いいひとがいないもんかね」

とは、言わなかった。素子は言わない言葉の続きを聞き取って、今日、電話してきたのだ。


息子に言わないわけには行かない、しかし、こんな話は息子から、

「こんな人がいるんだけど、いいかな」

とか、

「今度そちらに帰るときに会って欲しい人を連れていきたいんだけど」

とか言った話が来るものだと思っていた。現に、娘が同じ勤めの若者を同伴して帰省したことがあった。もっとも、そのときには美季子は落ち着きを失った。おろおろした。いまはその青年は娘のいい夫になっている。息子の場合、そんな電話がいっこうに来なくて、その代わり、親戚や知人から「こんな娘さんはどうか」と話が割りと多く来た。

「いいひとがもういるかもしれないけど。そうでなかったらちょっと考えてみてもらえるかな」

美季子は、そういった口利き骨折りに対して感謝のお礼を言う一方で、なにかが違う気もするのだが、息子には時間をおかないで取り次ぎ、ときには立ち会って見合いをさせた。

「断わってくれ」とは息子は一度も言ったことはなく、しばらく付き合ったりすることもあって、それ以上盛り上がらないのもあったなかで、一つ二つは、これはやっとうまく行く、と期待がふくらんだりはするのであった。

しかし、どれも期待だけで現実のこととはならず、月日だけが過ぎて行く。

美季子には、息子がわからないと思うところがある。いろいろ突っ込んで、深く聴くのを躊躇ってしまう気持がある。女親のかかわる領域ではないとも思ったりしてしまうのだ。もう、忘れた気持にさえなってしまった化学メーカーの技術者だった夫が、突然発症した呼吸器の病気で、あっと言う間に、といった感じでなくなったのが十五年ばかりまえで、それから美季子は息子と娘をひとりで育てた。夫のやまいは仕事のせいの職業性の原因のような気がして仕方なかったし、医師もそのような言葉を口にしたのだが会社にただす方法も知らず、心がすっきりしないまま単純な病死となっておさまってしまった。その、夫がいたら、という思いが心の底にある。

美季子はそのころも別の機械製造の会社の事務の部署で働き、後の時代のように男女均等ということもなかったので、安い給料でなんとか子供ふたりを大学や大学院まで卒業させた。夫が生きていれば、男の職業人の手本を息子の透にみせてやれたのではないか、男の家庭人としての生き方の一つでも示せたのではないか、と思い、そんなことで女親である自分には出過ぎたこと的外れなことになると心のなかにひるむものがあって、息子に意見をいうのを思いとどまらせるのかもしれない。

五月十一日、第二日曜日。この日が母の日、美季子は実家の母に電話し、ご機嫌伺いをする。午前中に着くように、こちらの菓子折りを送っておいた。

「ああ、お菓子、有難う、いつも気にかけてくれて。ひとつ食べたら美味しかった。父さんと二人で食べるにはちょっと多いので、お隣の芝田さんにもお裾分けしたわよ、喜んで下さった。こっちは達者やけど、そっちは変わりないけえ

「あんまり珍しいもんでもないのやけど、しまい込んでおいてかびでも生やさんうちに早う食べてね、二人とも元気なんやろ、私もまあまあってところ」

習慣みたいになっている。ひところは、店先で選んでブラウスなどを送っていたが、母の年がいって、どんなものが合うか決められなくなり、近ごろは食べ物にしている。

娘からはスカーフとクッキーが来た。下の孫娘の描いた絵が入っている。

「有難う、いつも気を遣ってもらって、嬉しい。雪絵も上手にかくね」

お礼の電話をする。それからひとしきり、向こうから子供たちの近況を話してくれる。

「あなたも子供らからプレゼントもらったんでしょう、知らない間に、立派なお母さんなんだわね」

息子からは夜遅く、

「母の日、おめでとう、なにも送らなかったけど、変わりないんだろ、これからも元気にしてね」

とだけ、電話がくる。電話だけである。こんなところが、母親になった女の子と、年は上なのにいまだに独り身の息子の違いのような気がする。いや、勘違いだわ、と思い違いに

気付く。ずっと以前は透もなにか送ってきていた。四、五年まえからである、なにも来なくなったのは。やはり、何か変わった。

「有難う、わざわざ電話してくれて嬉しいわ。透もからだ、大事にしてよ」

で終わる。向こうは早く切りたがっている。それだけで終わり、水野素子からの用件は、言いそびれた。

日が過ぎる。いつ息子にあのことを話そうか、けど、また湿った口調でぼそぼそ言われるのも気が重い、と、美季子は進まない気持で電話して相手が出ないとほっとして、こちらがこんな調子だから向こうも暗い声になるのだ、と自嘲めく。それでも時刻を変えて何度かダイヤルボタンを押し、夜の九時につながった。

「遅い時間になってごめんね、会社、忙しいのね、さっきから何回もかけたけど、いなかった、残業だったのでしょう、今、いいかな」

息子は「うん」とだけ言い、こちらの話し出すのを待つ風である。こんなところに美季子はいらない気を遣い、気軽にしゃべれないのだ。

「あのね、また、私の知り合いからの話なんだけどね」

と言い、一息入れる。

郵便はがき

料金受取人払

諏訪支店承認

2

差出有効期間
平成31年11月
末日まで有効

392-8790

〔受取人〕

長野県諏訪市四賀229-1

鳥影社編集室

愛読者係　行

ご住所　〒□□□-□□□□	
お名前《フリガナ》	
お電話番号　(　　)　-	
ご職業・勤務先・学校名	
eメールアドレス	
お買い上げになった書店名	

鳥影社愛読者カード

このカードは出版の参考にさせていただきますので、皆様のご意見・ご感想をお聞かせください。

書名	

① 本書を何でお知りになりましたか？

ⅰ. 書店で
ⅱ. 広告で（　　　　　　　　　）
ⅲ. 書評で（　　　　　　　　　）
ⅳ. 人にすすめられて
ⅴ. DMで
ⅵ. その他（　　　　　　　　　）

② 本書・著者へご意見・感想などお聞かせ下さい。

③ 最近読んで、よかったと思う本を教えてください。

④ 現在、どんな作家に興味をおもちですか？

⑤ 現在、ご購読されている新聞・雑誌名

⑥ 今後、どのような本をお読みになりたいですか？

◇購入申込書◇

書名　　　　　　　　　　¥　　　　（　）部

書名　　　　　　　　　　¥　　　　（　）部

書名　　　　　　　　　　¥　　　　（　）部

鳥影社出版案内

2018

イラスト／奥村かよこ

choeisha

文藝・学術出版 鳥影社

〒160-0023 東京都新宿区西新宿 3-5-12 トーカン新宿 7F

TEL 03-5948-6470 FAX 03-5948-6471（東京営業所）

〒392-0012 長野県諏訪市四賀 229-1（本社・編集室）

TEL 0266-53-2903 FAX 0266-58-6771 郵便振替 00190-6-88230

ホームページ www.choeisha.com メール order@choeisha.com

お求めはお近くの書店または弊社（03-5948-6470）へ

弊社への注文は 1 冊から送料無料にてお届けいたします

＊新刊・話題作

地蔵千年、花百年
柴田 翔（読売新聞・サンデー毎日で紹介）

芥川賞受賞『されど われらが日々─』から約半世紀。約30年ぶりの新作長編小説。戦後からの時空と永遠を描く。　1800円

老兵は死なず　マッカーサーの生涯
ジェフリー・ペレット／林 義勝他訳

かつて日本に君臨した唯一のアメリカ人、生まれから大統領選挑戦にいたる知られざる全貌の決定版・1200頁。　5800円

新訳金瓶梅（全三巻予定）
田中智行訳（二〇一八年上巻発売予定）

三国志・水滸伝・西遊記と並び四大奇書の一つとされる金瓶梅。そのイメージを刷新する翻訳に挑んだ意欲作。詳細な訳註も。

スマホ汚染　新型複合汚染の真実
古庄弘枝

射線（スマホの電波）、神経を狂わすネオニコチノイド系農薬、遺伝子組み換え食品等から身を守るために。　1600円

東西を繋ぐ白い道
森 和朗（元NHKチーフプロデューサー）

原始仏教からトランプ・カオスまで。宗教も政治も一筋の道に流れ込む壮大な歴史のドラマ。世界が直面する二河白道。　2200円

低線量放射線の脅威
J・グールド、B・ゴールドマン／今井清一・今井良一訳

低線量放射線と心疾患、ガン、感染症による死亡率がどのようにかかわるのかを膨大なデータをもとに明らかにする。　1900円

シングルトン
エリック・クライネンバーグ／白川貴子訳

一人で暮らす「シングルトン」が世界中で急上昇。このセンセーショナルな現実を検証する欧米有力誌で絶賛された衝撃の書。　1800円

詩に映るゲーテの生涯（復刻版）
柴田 翔（二〇一八年発売予定）

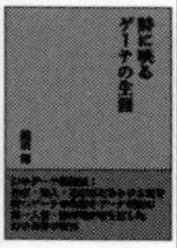

ゲーテの人生をその詩から読み解いた幻の名著の復活。ゲーテ研究・翻訳の第一人者柴田翔によるゲーテ論の集大成的作品。

改訂版 **文明のサスティナビリティ** 野田正治
枯渇する化石燃料に頼らず、社会を動かすエネルギーを生み出すことの出来る社会を考える。　1800円

自然と共同体に開かれた学び 荻原 彰
─もうひとつの教育・もうひとつの社会─
高度成長期と比べ大きく変容した社会、自我。自然と共同体の繋りを取り戻す教育が重要と説く。　1800円

インディアンにならなイカ!? 太田幸昌
先住民の島に住みついて、倒壊寸前のホステルで孤軍奮闘。自然と人間の仰天エピソード。　1300円

愛知ふるさと素描 河村アキラ
『名古屋ふるさと素描』に、新たに 40 枚を追加。愛知県内各地に残されたニッポンの消えゆく庶民の原風景を描く。1800 円

純文学宣言
季刊文科 25～75（61より各1500円）
〈編集委員〉青木健、伊藤氏貴、勝又浩、佐藤洋二郎
富岡幸一郎、中沢けい、松本徹、津村節子
【文学の本質を次世代に伝え、かつ純文学の孤塁を守りつつ、文学の復権を目指す文芸誌】

アルザスワイン街道
—お気に入りの蔵をめぐる旅—

森本育子（2刷）

アルザスを知らないなんて！ フランスの魅力はなんといっても豊かな地方のバリエーションにつきる。 1800円

ヨーロピアンアンティーク大百科

英国・リージェント美術アカデミー 編／白須賀元樹 訳

英国オークションハウスの老舗サザビーズのエキスパートたちがアンティークのノウハウをすべて公開。 5715円

環境教育論
—現代社会と生活環境—

今井清一／今井良一

環境教育は消費者教育。日本の食品添加物1894種に対し英国は14種。原発輸出も事故負担は日本持ち。 2200円

心のエコロジー
交流分析・ストローク エコノミー法則の打破

クロード・スタイナー（物語）／小林雅美 著／奥村かよこ 絵

世界中で人気の心理童話に、心理カウンセラーが解説を加え、今の社会に欠けている豊かな人間関係のあり方を伝授。 1200円

中世ラテン語動物叙事詩 イセングリムス
—狼と狐の物語—

丑田弘忍 訳

封建制とキリスト教との桎梏のもとで中世ヨーロッパ人を活写、聖職者をはじめ支配階級を鋭く諷刺。本邦初訳。 2800円

ディドロ 自然と藝術

冨田和男

ディドロの思想を自然哲学的分野と美学的分野に分けて考察を進め、二つの分野の複合性を明らかにしてその融合をめざす。 3800円

ダークサイド・オブ・ザ・ムーン

マルティン・ズーター／相田かずき 訳

世界を熱狂させたピンク・フロイドの魂がここに甦る。ドイツ人気No.1俳優M・ブライプトロイ主演映画原作小説。 1600円

フランス・イタリア紀行

トバイアス・スモレット／根岸 彰 訳

十八世紀欧州社会と当時のグランドツアーの実態を描き、米国旅行誌が史上最良の旅行書の一冊に選定。発刊から250年、待望の完訳。 2800円

ヨーゼフ・ロート小説集

平田達治
佐藤康彦 訳

第一巻 優等生、バルバラ、立身出世
サヴォイホテル、曇った鏡 他
第二巻 ヨブ・ある平凡な男のロマン
タラバス・この世の客
第三巻 殺人者の告白、偽りの分銅・計量検査官の物語、美の勝利
第四巻 皇帝廟、千二夜物語、レヴィアタン（珊瑚商人譚）
別 巻 ラデツキー行進曲（2600円）
四六判・上製／平均480頁 3700円

カフカ、ベンヤミン、ムージルから現代作家にいたるまで大きな影響をあたえる。

ローベルト・ヴァルザー作品集

新本史斉／若林恵／F・ヒンターエーダー＝エムデ 訳

1 タンナー兄弟姉妹
2 助手
3 長編小説と散文集
4 散文小品集Ⅰ
5 盗賊／散文小品集Ⅱ

四六判、上製／各巻2600円

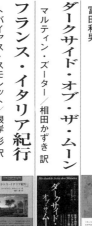

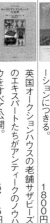

＊歴史

千少庵茶室大図解

長尾 晃（美術研究・建築家）

利休・織部・遠州好みの真相とは？ 国宝茶室「待庵」は、本当に千利休作なのか？ 不遇の天才茶人の実像に迫る。 ２２００円

飛鳥の暗号

野田正治（建築家）

三輪山などの神山・宮殿・仏教寺院・古墳をむすぶ軸線の物理的事実により明らかになる飛鳥時代の実像。 １８００円

桃山の美濃古陶 古田織部の美

西村克也／久野 治

古田織部の指導で誕生した美濃古陶の未発表の伝世作品の逸品約９０点をカラーで紹介。桃山茶陶歴史年表、茶人列伝も収録。 ３６００円

剣客斎藤弥九郎伝

木村紀八郎（二刷）

幕末激動の世を最後の剣客が奔る。その知られざる生涯を描く、はじめての本格評伝！ １９００円

和歌と王朝 勅撰集のドラマを追う

松林尚志（全国各紙書評で紹介）

「新古今和歌集」「風雅和歌集」など、南北朝前後に成立した勅撰集の背後に隠された波瀾の歴史を読む。 １８００円

秀吉の忠臣 田中吉政とその時代

田中建彦・充恵

優れた行政官として秀吉を支え続けた田中吉政の生涯を掘りおこす。カバー肖像は著者の田中家に伝わる。 １６００円

西行 わが心の行方

松本 徹

季刊文科で物語のトポス西行随歩として十五回にわたり連載された西行ゆかりの地を巡り論じた評論的随筆作品。 予価１６００円

加治時次郎の生涯とその時代

大牟田太朗

明治大正期、セーフティーネットのない時代に、窮民済生に命をかけた医師の本格的人物伝！ ２８００円

浦賀与力中島三郎助伝 木村紀八郎

幕末という岐路に先見と至誠をもって生き抜いた最後の武士の初の本格評伝。 ２２００円

軍艦奉行木村摂津守伝 木村紀八郎

若くして名利を求めず隠居、福沢諭吉が終生敬愛したというサムライの生涯。 ２２００円

南の悪魔フェリッペ二世 伊東 章

スペインの世紀といわれる百年が世界のすべてを変えた。黄金世紀の虚実１ １９００円

不滅の帝王カルロス五世 伊東 章

世界のグローバル化に警鐘。平和を望んだ偉大な帝王が続けた戦争。黄金世紀の虚実２ １９００円

フランク人の事蹟 第一回十字軍年代記

丑田弘忍訳 第一次十字軍に実際に参加した三人の年代記作家による異なる視点の記録。 ２８００円

大村益次郎伝 木村紀八郎

長州征討、戊辰戦争で長州軍を率いて幕府軍を撃破した天才軍略家の生涯を描く。 ２２００円

新版 日蓮の思想と生涯 須田晴夫

日蓮が生きた時代状況と、思想の展開を総合的に考察。日蓮仏法の案内書！ ３５００円

古事記新解釈 南九州方言で読み解く神代

飯野武夫／飯野布志夫 編 『古事記』上巻は南九州の方言で読み解ける。 ４８００円

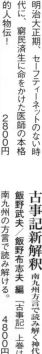

夏目漱石『猫』から『明暗』まで

平岡敏夫（週刊読書人他で紹介）

漱石文学は時代とのたたかいの所産であるゆえに、作品には微かな〈哀傷〉が漂う。新たな漱石を描き出す論集。2800円

赤彦とアララギ ―中原静子と太田喜志子をめぐって

福田はるか（読売新聞書評）

悩み苦しみながら伴走した妻不二子、畏敬と思慕で生き通した中原静子、門に入らず自力で成長した太田喜志子。2800円

ドストエフスキーの作家像

木下豊房（東京新聞で紹介）

二葉亭四迷から小林秀雄・椎名麟三、武田泰淳、埴谷雄高などにいたる正統的な受容を跡づけ、この古典作家の文学の本質に迫る。3800円

ピエールとリュス

ロマン・ロラン／三木原浩史 訳

1918年パリ。ドイツ軍の空爆の下でめぐりあった二人。ロラン作品のなかでも、今なお、愛され続ける名作の新訳と解説。1600円

中上健次論（全三巻）

（第一巻 死者の声から、声なき死者へ）（第二巻 父の名の否〈ノン〉、あるいは資本の到来）（第三巻 幻想の村から）

戦死者の声が支配する戦後民主主義を描く大江健三郎に対し声なき死者と格闘し自己の世界を確立していった初期作品を読む。各3200円

季刊文科セレクション

季刊文科編集部 編著

八人のベテラン同人雑誌作家たちによる至極の八作品を収録した作品集。巻末に勝又浩氏による解説を収録。1800円

釈尊の悟り ―自己と世界の真実のすがた

吉野 博

最古の仏教聖典「スッタニパータ」の詩句、悟りを開いた日本・中国の禅師、インドの聖者の言葉を中心にすべての真相を明らかにする。1500円

呉越春秋 戦場の花影

藤生純一

中国古代の四大美人の一人たる西施。彼女を呉国の宮廷に送り込んだ越の范蠡。二人の愛と運命を描いた壮大なロマン。2800円

「へうげもの」で話題の〝古田織部三部作〟

久野 治（NHK、BS11など歴史番組に出演）

新訂 古田織部の世界 2800円

千利休から古田織部へ 2200円

改訂 古田織部とその周辺 2800円

ドイツ詩を読む愉しみ 森泉朋子編訳

ゲーテからブレヒトまで 時代を経てなお輝き続ける珠玉の五〇編とエッセイ。1600円

ドイツ文化を担った女性たち

その活躍の軌跡 ゲルマニスティネンの会編（光末紀子、奈倉洋子、宮本絢子）2800円

芸術に関する幻想 W・H・ヴァッケンローダー

毛利真実 訳 デューラーに対する敬虔、ラファエロ、ミケランジェロ、そして音楽。1500円

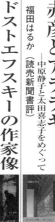

＊ドイツ語圏関係他

ニーベルンゲンの歌

岡崎忠弘 訳 （週刊読書人で紹介）

『ファウスト』とともにドイツ文学の双璧をなす英雄叙事詩を綿密な翻訳により待望の完全新訳。詳細な訳註と解説付。5800円

ペーター・フーヘルの世界 —その人生と作品

斉藤寿雄 （週刊読書人で紹介）

旧東ドイツの代表的詩人の困難に満ちたその生涯を紹介し、作品解釈をつけ、主要な詩の翻訳をまとめた画期的書。2800円

エロスの系譜—古代の神話から魔女信仰まで

A・ライプブラント＝ヴェトライ W・ライプブラント
鎌田道生 孟真理 訳

男と女、この二つの性の出会いと戦いの歴史。西洋の文化と精神における愛を多岐に亘る文献を駆使し文化史的に語る。6500円

生きられた言葉 —ラインホルト・シュナイダーの生涯と作品—

下村喜八

シュヴァイツァーと共に20世紀の良心と称えられた、その生涯と思想をはじめて本格的に紹介する。2500円

ヘルダーのビルドゥング思想

濱田 真

ドイツ語のビルドゥングは「教養」「教育」という訳語を超えた奥行きを持つ。これを手がかりに思想の核心に迫る。3600円

ゲーテ『悲劇ファウスト』を読みなおす

新妻 篤

ゲーテが約六〇年をかけて完成。すべて原文に即して内部から理解しようと研究してきた著者が明かすファウスト論。2800円

黄金の星（ツァラトゥストラ）はこう語った

ニーチェ／小山修一 訳

邦訳から百年、分かりやすい日本語で真にニーチェをつたえ、その詩魂が味わえる新訳。上下各1800円

『ドイツ伝説集』のコスモロジー

植 朗子

ドイツ民俗学の基底であり民間伝承蒐集の先がけとなったグリム兄弟『ドイツ伝説集』の内面的実像を明らかにする。1800円

ハンブルク演劇論 G・E・レッシング 南大路振一 訳
アリストテレス以降の欧州演劇の本質を探る代表作。6800円

ギュンター・グラスの世界 依岡隆児
つねに実験的方法に挑み、政治と社会から関心を失わなかったノーベル賞作家を正面から論ずる。2800円

グリムにおける魔女とユダヤ人 奈倉洋子
—メルヒェン・伝説・神話—
グリムのメルヒェン集と伝説集を中心にその変化の実態と意味を探る。1500円

フリードリヒ・シラー美学＝倫理学用語辞典 序説
ヴェルンリ／馬上 徳 訳 難解なシラーの基本的用語を網羅し体系化をはかり明快な解釈をほどこし全思想を概観。2400円

新ロビンソン物語 カンペ／田尻三千夫 訳
18世紀後半、教育の世紀に生まれた「ロビンソン・クルーソー」を上回るベストセラー。2400円

東方ユダヤ人の歴史 ハウマン／平田達治 荒島浩雅 訳
その実態と成立の歴史的背景をこれほど見事に解き明かしている本はこれまでになかった。2600円

ポーランド旅行 デーブリーン／岸本雅之 訳
長年にわたる他国の支配を脱し、独立国家の夢を果たしたポーランドのありのままの姿を探る。2400円

東ドイツ文学小史 W・エメリヒ／津村正樹 監訳
神話化から歴史へ。一つの国家の終焉はその文学の終りを意味しない。6900円

モリエール傑作戯曲選集１
柴田耕太郎訳
（女房学校、スカパンの悪だくみ、守銭奴、タルチュフ）

画期的新訳の完成。「読み物か台詞か。その一方だけでは駄目。文語の気品と口語の平易さのベストマッチ」岡田壮平氏　２８００円

イタリア映画史入門　１９５０～２００３
Ｊ・Ｐ・ブルネッタ／川本英明訳（読売新聞書評）

映画の誕生からヴィスコンティ、フェリーニ等の巨匠、それ以降の動向まで世界映画史をふまえた決定版。　５８００円

フェデリコ・フェリーニ
川本英明

イタリア文学者がフェリーニの生い立ち、青春時代、監督デビューまでの足跡、各作品の思想的背景など、巨匠のすべてを追う。　１８００円

ある投票立会人の一日
イタロ・カルヴィーノ／柘植由紀美訳

奇想天外な物語を魔法のごとく生み出した作家の、二十世紀イタリア戦後社会を背景にした知られざる先駆的小説。　１８００円

魂の詩人　パゾリーニ
ニコ・ナルディーニ／川本英明訳（朝日新聞書評）

常にセンセーショナルとゴシップを巻きおこした異端の天才の生涯と、詩人としての素顔に迫る決定版！　１９００円

ドイツ映画
ザビーネ・ハーケ／山本佳樹訳

ドイツ映画の黎明期からの歴史に、欧州映画やハリウッドとの関係、政治経済や社会文化からその位置づけを見る。　３９００円

つげ義春を読め
清水正（読売新聞書評で紹介）

つげマンガ完全読本！　五〇編の謎をコマごとに解き明かす鮮烈批評。読売新聞書評で紹介。　４７００円

雪が降るまえに
Ａ・タルコフスキー／坂庭淳史訳（二刷出来）

詩人アルセニーの言葉の延長線上に拡がっていた世界こそ、息子アンドレイの映像作品の原風景そのものだった。　１９００円

宮崎駿の時代　１９４１～２００８　久美薫
宮崎アニメの物語構造と主題分析、マンガ史からアニメ技術史まで宮崎駿論一千枚。　１６００円

ヴィスコンティ　若菜薫
「郵便配達は二度ベルを鳴らす」から「イノセント」まで巨匠の映像美学に迫る。　２２００円

ヴィスコンティⅡ　若菜薫
高貴なる錯乱のイマージュ。「ベリッシマ」「白夜」「前金」「熊座の淡き星影」　２２００円

アンゲロプロスの瞳　若菜薫
『旅芸人の記録』の巨匠への壮麗なるオマージュ。（二刷出来）　２８００円

ジャン・ルノワールの誘惑　若菜薫
多彩多様な映像表現とその官能的で豊饒な映像世界を踏破する。　２２００円

聖タルコフスキー　若菜薫
「映像の詩人」アンドレイ・タルコフスキー。その全容に迫る。　２０００円

銀座並木座　日本映画とともに歩んだ四十五年
嵩元友子　ようこそ並木座へ、ちいさな映画館をめぐるとっておきの物語　１８００円

フィルムノワールの時代　新井達夫
人の心の闇を描いた娯楽映画の数々暗い情熱に衝き動かされる人間のドラマ。　２２００円

＊実用・ビジネス

AutoCAD LT 標準教科書 2015／2016／2017 2018対応（オールカラー） 中森隆道

25年以上にわたる企業講習と職業訓練校での教育実績に基づく決定版。初心者から実務者まで対応の520頁。 3400円

AutoLISP with Dialog（AutoCAD2013 対応版） 中森隆道

即効性を明快に証明したAutoCADプログラミングの決定版。本格的解説書。 3400円

開運虎の巻 街頭易者の独り言 天童春樹（人相学などテレビ出演多数・増刷出来）

三十余年のべ六万人の鑑定実績。問答無用！黙って座ればあなたの身内の運命と開運法をお話しします。 1500円

腹話術入門 花丘奈果（4刷）

大好評！ 発声方法、台本づくり、手軽な人形作りまで、一人で楽しく習得出来る。台本も満載。 1800円

南京玉すだれ入門 花丘奈果（2刷）

いつでも、どこでも、誰にでも、見て楽しく演じて楽しい元祖・大道芸。伝統芸の良さと現代的アレンジが可能。 1600円

新訂版 **交流分析エゴグラムの読み方と行動処方** 植木清直／佐藤寛 編

精神分析の口語版として現在多くの企業の研修に使われている交流分析の読み方をやさしく解説。 1500円

現代アラビア語辞典 ——アラビア語日本語 田中博一／スバイハット レイス 監修

本邦初1000頁を超える本格的かつ、実用的アラビア語日本語辞典。見出し語1万語以上で例文・熟語多数。 10000円

現代日本語アラビア語辞典 田中博一／スバイハット レイス 監修

見出し語約1万語、例文1万2千以上収録。日本人のみならず、アラビア人の使用にも配慮し、初級者から上級者まで対応のB5判。 8000円

リーダーの人間行動学 佐藤直暁
人間分析の方法を身につけ、相手の性格を素早く的確につかむ訓練法を紹介。 1500円

成果主義人事制度をつくる 松本順一
30日でつくれる人事制度だから、業績向上が実現できる。（第10刷出来） 1600円

管理職のための **『心理的ゲーム』入門** 佐藤寛
こじれる対人関係を防ぐ職場づくりの達人となるために。 1500円

ロバスト 渡部慶二
ロバストとは障害にぶつかって壊れない、変動に強い社会へ七つのポイント。 1500円

A型とB型——二つの世界 前川輝光
「A型の宗教」仏教と「B型の宗教」キリスト教を比較するなど刺激的1冊。 1500円

決定版 **真・報連相読本** 糸藤正士
五段階のレベル表による新次元のビジネス展開情報によるマネジメント。（3刷） 1500円

楽しく子育て44の急所 川上由美
これだけは伝えておきたいこと、感じたこと、考えたこと。基本的なコツ！ 1200円

初心者のための蒸気タービン 山岡勝己
原理から応用、保守点検、今後へのヒントなどベテランにも役立つ。技術者必携。 2800円

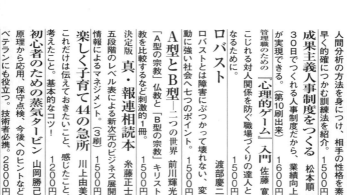

「いい娘さんなんだって、年は三十ちょっとらしいけど、透の年も考えると、若すぎるよりいいとは思うの、どうっ」

しばらく黙って、応答がないので、

「写真はまだ見てないの、透の気持、聞いてからにしようと思って」

またすこし無言の時間があって、言葉が返る。

「いま、駄目だ、ノイローゼ、っていうよりも、鬱、なんだ、ちょっとひどい、そういう気持にはならない」

「でも、さっきまで会社、行ってたんでしょう、七時頃から何回もかけたのよ、出ないから、まだ仕事だと思ってた、この話、あともう少し聞いたら、気分、変わるかも。いろんな仕事の悩みも聞き手になってもらうということも」

「いいや、言ってるだろ、気持、そんなこと受け入れられないんだよ、会社、休んだ、寝ていた、電話鳴ってるのは分かったけど、気分が重いから、取らなかった」

驚きの気持がくる。考えたこともない、息子の言葉が耳に刺さってくる。

「会社、休んだ、って。どういうこと。今朝からなの、お医者さんに行ったの、熱、とか、あるの。仕事、ちゃんと、普通にやってるのよ、ねっ」

「今日、だけじゃない、ここしばらく行ってない。風邪なんかじゃないから熱はない」

美季子は言葉を失ってしまう。つい先日、母の日に電話をくれたのに、そんなこと、ひと言も言わなかった。何かしゃべらなければならない、と焦るが思いつかない。息子も、こちらが黙っていると、いつまでも話し出さない。たずねたことだけ、いやいやしゃべる。

「私にできること、なにかある、かな。そちらに行ってみようか、私に話せばもやもやがほぐれるかも、でも土曜か日曜になるね、そんなことしか思いつかない」

「来なくていいよ、来ても、母さんにはなにも分からないだろうよ」

美季子はふうっとため息が出て、電話した目的を思い出し、

「さっきの話、なにか、言訳を考えて、断わらなければいけんね、透はその気になれないのでしょう、ああっ、困った、まさか、会社休んでるなんて。困ったけれど、仕方ないわね、待ってもらっても、一日二日でいい返事、出来るようにはならないみたいね、お断わりしとくわ、それでいいわね」

「うん」

とだけ返事が来て、また、無言となる。

「とても、心配。出勤するようになったら知らせるのよ」

切ってしまって、今度はじめて休んだのか、何度もこんなことがあったのか、医師はどう言っているのか、そんなことをなにも聞かなかったことに気がつく。

義妹が、

「やっと、娘が結婚することになりました。この際、相手の人が、いい、悪い、なんて言わないことにして、ともかく、めでたい、と思うことにしてるの、それで、結婚式に出て欲しいのですけど」

と言ってくる。

夫が亡くなってから、そのきょうだいたちとの縁が、続いているのかいないのか微妙なのだが、あたらずさわらずということで、お歳暮お中元といった贈答ものは送り続けている。言ってきたのはこちらの息子の透と一つ違いの従妹になる。それがまだ結婚しないことが、透の結婚しないことの負い目の、心のなかの、人に言えない支えであった。それが、こんど、決まったという。

「それはよかったわね、おめでとうございます。でも、私が出させてもらっていいのかしら、もう、耕司さんもいないことだし」

と言う。先を越されないように、と、言葉には出したことがない言葉で一つの気持を保ってきた。言いがたい衝撃。つい先日、息子に持ちかけられた縁談話が宙に消えようとしている。それで気落ちしているところへこの話が来た。

「そんなこと、いつまでたっても美季子さんはお姉さまなんだし。それに、いとこにも出てもらおうかと思って、みんな、というのも多すぎるのでそちらは透くんにお願いしたいわ、都合、聞いて、ご連絡、下されば、と思ってるんですけど」

あと、適当に話をして、出ないことにしようとしゃべりながら、思うとおりに話を持っていけずに出席しなければいけないことになってしまう。

「透は出なくってもいいんじゃないの、いとこは近くに住んでる女の子たちだけにすれば」

これも、息子が鬱病になりかけて会社を休み勝ちなことを言いたくないがために、持って回った話し方になって、単純な遠慮と受け取られて、できるだけ透も出るように説得すると言わされてしまう。

電話を切って、ますます落ち込み、自分に当たる。

「あんなこと一つ、向こうの言いなりになってしまうなんて、馬鹿、馬鹿、美季子の馬鹿。透も、馬鹿」

そして

「他人のしあわせは、我が身のふしあわせ、ああいやだ、いやだ」

いつか読んだ小説にこんな言葉があったような、あるいは、ちょっとだけ違っていたかな、と自分をあざける。

透に義姪の結婚式のことを連絡しなければならない。息子が会社を欠勤するとかしないとか、こちらの身に火がつきそうで、よそのことはほったらかしておきたい気持になっておかしくないのだし、かりにその式、披露宴に出るにしても、お祝いの気持になるどころか、ますますこちらのふしあわせを確認させられるだけのことになるに決まっているのははっきりしている。義理はつらい、夫が死んで、そんな義理はなくなった、と思いたい。もし自分が再婚でもしていればもうほんとの他人になっているのかもしれないが、夫が亡くなったとき、既に美季子は四十歳代も後半になっていた。そんなことを考えるには、気力体力といったものが不可欠なのだろうが、突然といってもいい出来事で自失し、夫を追想するだけの力しか残っていなかった、ように、今になると思う。

義妹たちにこちらの事情を告げれば、「それなら無理にとは言えませんわね」と言うかもしれないのだが、それは、こちらの自慢できない事情を、いわば憐れみを持って理解し同情してもらう、ということになるのだろう。同情してもらいたくない、同情されることは屈辱である。

考え考えして、透に電話する。

「あのね」

と言って一息つく。

「うん」

とだけ返事がある。

「荻窪の、翔子ちゃん、知ってるでしょう」

と言って、また、一息、置く。

「知ってるよ、もちろん」

「こんど、結婚するそうよ、つい、このまえ聞いたんだけど。それで、式に出席して欲しい、って言われた」

「ふうん、行けばいいじゃない」

「それでね、透にも出てもらえないか、って。聞いてみる、ということで返事したんだけど。調子、よくないんでしょう。会社、出勤できるようになったら連絡する、って言ってたのに、まだなにも言ってこないから、今も休んでるんでしょう、断わっとこうか、出ればほかの親戚の人たちとも、なにやかやと二、三時間はお話もしていなけりゃならないのだし」

しばらく黙っているので
「透が出なければ香澄に頼むから、取り繕うくらいはなんとでも言っとくから、問題ないと思うけど」

娘の名を持ち出す。そのほうがいいような気がする。娘のほうはべつに不具合なことはなにも聞いていない。美季子としては、息子のいろいろが不安なのである。立派になった透のいとこたち、もう、社会の各方面で中枢になって働いている。そんな連中のなかで、いっそう自信をなくして鬱を進行させてしまったら、困る。

それなのに、

「出るよ、三か月半もあるのなら、よくなってる、と思うよ、べつに、断わらなくていいよ」

また、心配が、ひとつ。大丈夫かな、断わってくる、と思って電話したのが、断わらなかった。息子は飛ばして娘にさきに話をすればよかった。これも、みんなになんとでも言い繕える。

美季子は、後悔を抱える。こんな、まとまらない気持が絡まっていたら、息子より自分のほうが思いがけない失態をしでかすことになりかねない。

亡くなった夫に、残っている息子の、地味でもいい、恥ずかしくない結婚式を贈るのが、心に誓っていた、表に出さない約束だった。もちろん、華やかにできればそれに越したことはない。それなのに、自分でしなければならないことに何のめどもないのに、人のそれが先を行く。自分のするべきことがきちんと仕上がっていれば、他人のことも喜んで祝福してやれるだろう。そうでないから、いっそう、惨めな気持が私を捉えてしまうのだ。

「ほんとにいいのね、じゃあ、それで連絡しておく。なにか、都合ができた、とか、あったら私のほうへ知らせるのよ」

出てくれるの、有難う、よかった、そんな言葉で締めくくってやれば息子もすっきりした気持になれたろうに、と、また自分の気配りの足りないことに気が行き、心が滅入る。


義姪の結婚式は北関東の、新郎一家のゆかりの町であげる、と聞いている。そのあたり、地理に美季子は疎い。住んでいる東海の町からだと、乗り換え乗り換えして、式の始まる午後三時に少しはゆとりを見込むと、家は朝八時ちょっとには出ないと間に合わないことが分かる。毎日の出勤とは違う、なにやかやと持ったり整えたり、と、出かけるまでの準備が並大抵ではないのだ。時間表を何回ひっくり返してつなぎ合わせてみても、それ以上いい時間にはならない。気の進まないことなのに、気ぜわしい一日を予定することになる。また、気が重くなる。それを押して、息子に連絡する。

「翔子ちゃんの式、こちらからだと、朝早く出て、それでも向こうの駅に、一時五十分ごろ、やっと着く。駅からはよくわからないけどタクシーに乗るとして、透もいっしょに乗るようにしようよ。だから、そのころつくように考えておいて、ね。いいわね」

あるいは、元気な、ちょっと前までは、出張や旅行で結構そこら中に飛び回っていた透だから、自分でもう調べて手配してあるかな、と思い、

「それとも、もう、調べてあるかな」

と、聞く。気分が持ち直していれば、そうしているかもしれない。そのほうがいいのである。

「いいや」

と言う。

「ここからだと、昼過ぎてからでも大丈夫だから気にしてなかった、じゃあ、母さんに合わせる」

ひとつ決めたことで、行きたくない行きたくない、と、もやもやしていた心を、やっと、縛り付ける。

「これも、早いとこ、片をつけておくか」

午後、銀行へ行って少なくない金額を新札で引き出し、郵便局へ回って現金書留で送る。

「ほんとうなら、透の結婚で、こちらがもらうのが先だったのにね」

詮無い独り言を、吐く。

あくる日、電話があって、義妹が受け取ったお礼を言ってくる。

「有難うございました、こんなに多くいただいて、それに、遠くまで出てきていただくのですし、すみません、何から何まで、有難うございます」

「いえいえ、ほんの心ばかりで」

言いながら、これまでいくつももらった、言いなれた通りいっぺんの言葉のように聞こえて、また、空しい気持が来てしまう。そして、今日も、自分に言う。

「私が、これを言いたかったのよ、今という時に、ひとから聞きたくなかった」


日にちがたって、義姪の結婚式の日がくる。

めでたい、に徹して、ひがみ根性も振り切って列車に乗り、考えていた時間通りに式場に着く。見劣りしてはいけない、凋んだ気持が表面に出てはいけない、と、美季子は、着るもの、髪型、アクセサリー、と、十分すぎるくらいに念を入れた。透は、大丈夫、といっていた会社出勤はまだ叶っていないのに、素知らぬ顔で母親と落ち合った。美季子は笑顔を作って本人や義妹らに祝意を伝える。

「いちだんときれいだわ、お色直しはお着物も着るんだって、また、素晴らしいことでしょうね」

とお世辞も言い、出てくる料理は残さず食べた。周りは亡くなった夫の身内で、いつ顔をあわせたか記憶も薄れて、名前、続き柄などよく分からない。義父母は既に世を去っている。

「ほんとにいい日和になって、翔子ちゃんもいい門出になりましたわね」

などと、あとを引かない、当たり障りのない言葉をしゃべる。義妹夫婦はひな壇の端にいるので、遠い。目配せ、笑顔を送ったりする。新郎の関係者は向こうの方なので、途中で回ってきた新郎の父親とだけ言葉を交わした。そんなこんなで時間が経過し、出て行く新郎新婦に花びらを振りかけて終わる。息子の透も、べつにくさった顔も見せず、普通の参会者として落ち度のない様子に見えて、美季子母子のこの日の義務が終わる。

透と一緒になることは近ごろないので、もう一度、水野素子からの話を、タクシーを降りた駅前の喫茶店で確認する。息子の顔色も、悪くない。

「あの話だけど、最終的には返事してないのよ、顔見て、ほんとうの心を聞こう、って、今日を待ってたのよ。もうすぐ四十だから、多分、これを逃すともう来ない、ようにも思う。私は、透の、花婿姿、やっぱり見たい。さっきの式見て、いっそう、気持、強くなった」

「だから、言ってるだろう、いま、そんな気になれるわけがない、なんにも分からないのだから」

ふつう程度に明るかった顔を、また、陰鬱に曇らせる。

「会社の病気療養を認めてくれる期間も、残りが少なくなった、それどころじゃない、お嫁さんもらったら、食べさせなきゃならないのに、下手したら、自分一人が食っていけるかどうか、危ない」

また、いやな話、心の中で思ったりしても、耳にすると現実になると思うのが恐ろしくて禁句にしていた。その言葉を、とうとう息子に吐き出させてしまった。美季子は、自分の顔も暗くゆがむのがわかる。結局、他人《ひと》のしあわせを目で確かめ、自分たちのふしあわせを確認してしまった一日。また、ながい道を、沈んだ心でわびしく帰ることになる。手土産にもらった手提げのきれいな紙袋が重苦しい、途中でほうり投げてしまう、かも。

「頑張ってね」とはこんな状態の人に言ってはいけない、「元気でね」も元気な人に対して言う言葉で健康を損なった相手には不適切である。こんな時に口に出す別れの挨拶を美季子は探りあぐねる。やっと探し当てた。

「変わったことがあったら知らせるのよ」

を挨拶言葉として搾り出して息子と別れる。

ビジネスの客は時間一杯、もう少し仕事をしているのだろうか、観光の人たちもせっかく出掛けて来たのだからとぎりぎりまで楽しんでいるのだろう、美季子の乗った八時台の新幹線は思いがけなく混んでいず、二人がけの隣席は下りるまで客は来なかった。二時間ほど、一人になる。物思う時間をもらえた。

「結局……」

と、心の中で言って、あと、いい言葉が浮かんで来ず、

「こんなものなんだ、私の人生は」

この年になって、面白くない目にあわなければならないのは、自分が、あるいは、夫に選んだ相手が、誰かを裏切ってその報復を受けている、ということなのか。明治の作家の作品のテーマにあった気がする。夫に、今の時代にしてはずいぶん早く先立たれたのもその一つ、育てた息子は結婚も出来ず会社でもいじいじと暗く働いているらしい。会社での仕事は冴えなくても家庭生活を謳歌している、あるいは、家庭は顧みなくて家族たちとぎくしゃくしていても職場では仕事いちずで生きがい一杯、というのはよく聞く。そんなのでも、それはそれで、悪くはないことだろう。息子は、そのどちらも手にしていないのだ。

私と夫は、誰も裏切らなかったはずである。ひとの恋人を横取りした、ということはない。親の反対を押し切ったのでもない。と、美季子は思ってみる。夫も、仕事でひとを騙して出し抜いて、ということもなかったのではないか、そうすれば、もっと、早くいい地位を得ていただろうに、むしろ、自分の「手柄」を他人に横取りされてしまったことも幾度かは

あったらしい、人の好すぎる男のように妻の私には見えていたのに。

「どうすれば、いいの。どうしたら、いいの」

六十にもなって、こんな、二十の小娘のような悩み。

「結局」

と、また心で言って、

「私が至らないからこんな現在があると考えるのがよくないのね、自然の巡り合わせ、ってのが、うまく私に回って来ない、としか分からない」

それから、

「でも、透は会社で療養期間終わり、って、くびになったらどうするんだろ、生活費、私がみてやるの、養ってやるの、いやだなあ、逆じゃないの、私ももうすぐ勤め、年限一杯で終わろうというのに」

無職の四十男と、それを食わせる老いた母親。おお、いやだ、いやだ。こちらが、これから面倒みてもらうことになるはず、だったのに……。


今という時になってみると、夫の死後、生きて来た目的は、もう、自分のことではない、息子のしあわせな将来のために骨をおること、力を尽くすこと、そんなことだったように思えてくる。それがあっけなく崩れる。そうすると、私も、崩れ落ちる。

あとは、何があるのかしら、楽しみというものでなくていい、何かすること、しなければいけないこと、仕残していること、夫の菩提を弔い、大事にすることかな。しかし、六十そこそこで、それしかないのはとても侘しい、惨め……。今のところは、まだあと少し、会社での仕事は残っているけれど……。

高校の同期の会の案内がくる。これまで受け取ると直ぐ、出欠の欄に「欠」に丸をつけて、会の日にちも確かめずに返送していた。今度は、少しだけ、考える。うっとうしいこのごろの、ちょっとした気分変えには、ならないか。

「みんな、どんな顔になったか、見に行ってみるか」

自分の顔かたちの変化、老化を、瞬間忘れて、「出」に丸を打つ。

ほんとうは、出席する同級生たちが、家庭はしあわせ、子供たちももう立派になって、全洋商事の、こんど部長になったの、あら、凄いのね、うちの子はまだ課長なの、もうすぐ次長になるようなこと言ってるけど、などと自慢話をするのを聞くのが辛いのだ。次に、「美季子さんとこもいい会社、たしか日星電機だったわね、もう、立派な地位なんでしょう」と来る。

「近ごろ、あまり、聞いてないから」

そんなごまかし、もうやめる。

「知らないわ、息子は息子、私は私」

そう、言えばいい。でも、出来るかしら。

久し振りに出席してみると、しかし、いい具合に、避けたい話題に話は向かわなかった。誰も変わっては見えない、みんな、それぞれが年を取って、年が同じように経過したらしくて昔のすがたかたちがそのままに見える。

高校のとき、一年から三年まで同じクラスだった霞野がいた。そんな記憶だけだった気がした。

「野里さん、久し振りですね、変わらないな、いい暮らしの証拠だね」

旧姓で呼ばれて、昔の自分になる。

「とんでもない、そんなこと、ないわ、辛いことばかり」

「でも、いいだんなさん、立派な子供たち、顔がそう言っている」

「その、どちらでもないの、そう見えるとしたら、見えるとおりになれるといい、と思う、願望が出ているのよ。霞野さんこそ、理想的なお仕事、ご家庭、って様子ですわ」

「僕、家庭、持ってません、親のやってた事業、機械部品製造のちっちゃな会社、それを継いでいるのだけど、親はなにも教えないまま伝えないままに死んでしまうし、気がついたら、いまでも未婚。人生としては成功とは言えない、失敗といったほうが当たってるんじゃないかな。きょう日、事業はやっと息をしてるだけ」

お互い、楽じゃないですね……。

「君たち、いい雰囲気じゃないの、美季子もだんな死んでから十年もったつのね、もう、免責よ……」

「六十にもなって、それはないわよ」

親しかった友人に冷やかされて、瞬間、それもあり、かな、と思ったりし、慌てて自分で打ち消す。

「みんな、この年はまだ青春よ、立派な」

そうであったら、いいね、だけど、それだからどうする、やはり、この時間空間だけの幻想。

思い切って同級会に出て、憂さが晴れる瞬間を持てたのは予想していたよりよかった、と思ったが、済んで三日もすると、こんどはみんなの明るい顔を思い出してまた沈み込んでしまう。

「仕方がないのよね、現実は現実、あれは絵空事の一瞬」

そう言葉にしてまたなにも考えない残り少ない日常の勤めに出かける。いつもやって来た業務、頭の芯を通さなくても長年しみこんだ手と目の神経さえ動いていれば間違いは起こさない。日常が戻ってきて、動作を機械的に繰り返す日々が続く。

「この前は、楽しかったですね、なんだか、もう一度、お話、したくなった」

思ってもいなかったことだが、霞野から電話がかかった。勤め先で受ける。誰も気にしていないのに、美季子は声をひそめてしまう。あれっきり、と思っていた。

「いいですけど、普通の日は駄目、お勤めがありますから」

今度の、土曜の昼に、食事を一緒にすることとする。

食事を済ませて、

「あと、どうしますか、コーヒーも、ついていたし、喫茶店に行ってもね」

デートということになるのだろうが、二人ともこのあと何をするか思いつかない、馴れていない。

「昔なら、それじゃ、映画、ってとこでしょうか」

でも、いま、郊外のシネコンってとこまで行かないとだめなのね、何を上映してるかわからないのも、などと言ってまとまらない。

「じゃあ、レンタカーでも借りて、そこらへん、ドライブでもして見ませんか」

車に並んで坐って、

「手を握っていいですか」

「そんなこと、いちいち断わるものじゃないわよ」

「もう一つ、僕、結婚したことないんだ、こないだも言ったと思うけど」

「それで」

「一度、してみてもいい、とこの前から、そんな考え、浮かんでる」

「いいじゃないですか、だれか心当たりあるのね、私、その人に会って、鑑定してあげる、会わせて」

「ここにいる人、隣りにいる人なんだ、それは」

「冗談なんか言って。私、女の人の心や気立てのいい悪いの判定、うまいのよ、ほんとに貴方のためにみてあげる」

「うそなんかじゃ、ないよ。野里さん、君をあの会で見てからこんな考え、湧いた、駄目かな……」

「馬鹿ね、お互い、六十じゃない、還暦過ぎじゃない、高校のクラス会で会ったから、といって、いまは高校生じゃない、元高校生。せめて、いいお友達、って言葉があるでしょ、そこまでだと思うわ」

とんでもないこと、仮に、私と一緒になったとして、と、これまで人に言わないで来た、悩み事の集積を口に出す。

……四十になる息子の、人に言えない心配、不安、いっぱい抱えているのよ、私よりその息子の結婚片付かないと、……そんな迷惑、負わせることも考えてしまうわ。……なに、親を頼れないとなると、子供はしっかりするさ、意識しなくても、困ったら、親の影が心をかすめると思うよ、思い切って、母と息子、他人になることだ、と……そうね、息子と他人になる、でも、この四十の息子と今でも同じ戸籍の中にいるのよ、法律の上でも、他人になれないわ……野里さんが僕の戸籍に移れば、解決するよ、脇田さんちは息子さんだけのものになって……

混乱してきて頭がまとまらない。その頭で、

「霞野さん、でも、あなたのお仕事の、後継者を望んでいるのだとしたらそれは無理よ、かなえて上げられない。もっと若い人じゃないと」

と言ってみる。

「それはそうだろうね、分かっていますよ、それは贅沢すぎる望みだと言うことは。霞野工業を、あと、二十年、持続できれば悔いはないですよ。その時まで、貴女が僕を支えていてくれるという姿、生きていく力になると思う。出過ぎているかもしれないけれども息子さん、透くんの力にもなれるようにも思う」

ふと、思い出す。四十年前にも、こんな風景があった。美季子がいて、亡くなった脇田がいて、そして、別の場面、美季子がいて、霞野がいて……。

「霞野さん、あなたとはこれきりにしたいわ、きらい、というのじゃなくて、これからやりたいことがあるの。お父さんの鉄工所、継ぐのでしょ、私以外のいい方選んで」

そのくせ、やりたいと言った音楽は、趣味にさえしなくて捨てた。

いつか、脇田のほうの、手を握っていた。

なぜ、こんなこと、今になって浮かんでくるの、その気になろう、かな、としたのに。いや、ほんとうは、何も忘れてはいなかった。忘れたことにしたかっただけなのかも。あれも、一つの、ささやかな裏切り、背信だったのかな、その記憶がしあわせへの一歩を踏みとどまらせる。

「有難うございました、先日は大変ご馳走になって。でも、これからも何かとご相談だけはさせてください。また、お会いできることを待っています。同級会だけじゃなしに」

これが、この前の、彼の言葉に対する返事。

また、息子のことで悩まなければならない日々が来る。仕方がない、私がいなくなると、相談する相手もなくなる。とことん、つきあうか。親子だもの、これがさだめ。


それにしても、けっこう惜しい、美味しい夢だったのじゃないの、胸にしまっておくのはもったいない、誰かに話したい。美季子は思い浮かべる。

「この前は、りっぱな結婚式だったわね、こんどはこちらのほうの式なんだけど」

義妹との電話の場面を幻想する。

「あら、よかったわね、いよいよ透くん、おめでとうございます、私たちも、もちろん、出させて頂くわ」

「いえ、透じゃなくて、私、脇田美季子の結婚式、霞野美季子になります、脇田でなくなるけど、ずっとこれからも変わらずによろしく」

「え、ええっ、聞き違いかしら、もう一度」

「ええ、私の、です。脇田美季子の……」

霞野への返事、ほんとうにあれが正しかったのか、惜しみ悔やみながら叶わなかった夢をみる。

透から電話がくる。美季子は発信者をたしかめて受話器をとる。自分から掛けてくるのは三か月ぶり。

「こんど、就業許可を主治医の先生からもらった、なんとか仕事に復帰できる」

一月茫々

病室のベッドから転落した。加名屋修平は、痛いっ、と声をあげる。背中から落ちて、打った。深夜である。誰の耳にも声は届かなかったのか。落ちた音は聞こえなかったのか。自分の鼓膜には、どすぅん、と響いた。カーテンをへだてた同室の患者も熟睡しているらしいし、ナースステーションも離れた位置なのでちょっとしたうめき声は聞き取れないのかもしれない、とも思う。もう一度、痛いいっ、と言ったけれども諦めてそっと立ち上がってみる。それは出来た。床は清潔に掃除されていてちりもほこりもなくきれいだが、なにしろ、コンクリートに緑の塗装をしてある仕上げなのですごく硬い。頭から落ちなくてよかった。頭を打っていたら、もう一つ症状名が追加されて、場合によってはもうここを出られなくなる、と、ぞっとする。意識しないで、身をこごめて受身の形を取っていた。腕に点滴の針がささっている。その先には、点滴台、薬液のバッグ、チューブと、ものものしく繋がっている。それは外れていない。こんなものが動作、というか、ちょっとした身のこなし、立ち居振る舞いを制約している、自分でもその前になにをしようとしていたのかはっきりしないが、少しからだを動かそうとして引っかかり、不自然な姿勢になってバランスを失った、ように、思う。自分の家では畳に布団を敷いて寝ている。転落のしようがない。無警戒な習慣である。落ちても十センチほど、下は弾力性のある畳、寝ていて、気がついてみると畳の上、といったことはないではないが、痛かったことも、まして怪我など考えたこともなかった。ここは我が家と勝手が違う。

入院して二日過ぎた。いまは、あの時の、ふらふら目もからだも回った高熱はなくなっている。そうっと、床にまっすぐ立ってみる、すこしだけ足を動かし数歩だけ歩いてみる。ボタンを押してナースを呼ぶほどのこともない、と自分で判断して、そろりと、ゆっくりとベッドに上がり、点滴のチューブがもつれないようにからだを横たえる。

六日前、去年の大晦日に、義理の兄が死んだ。九十に手が届こうかというところであった。年を越せないだろうと医者が言ったとか聞いていて、でも、二十八、二十九と日が詰まり、年のうちにはそれはないのではないかと思う気持に周りがなりかけていた日であった。修平には義兄は三人だが、これは姉の夫である。ほかに二人、自分の妻の兄がいて、そのうちの一人は数年前に亡くなった。そのときも駆けつけたが、急死といっていい死去だった。

元気な姿しか知らない。今度はだいぶ前から寝ついていた。最近では、寝ている形で会っている。この義兄はこれまで何回か入院していて、見舞いで会う度ごとに病名が違っていた。以前には、胃であったり呼吸器であったり怪我であったり、と、入院する病院も診療科も違っていた。修平の故郷の金沢で高校教師を長年していて、だから、墓参などで帰郷のときに、家にはもちろん訪ねたが、見舞いに行った記憶も少なくない。不思議に思うほどその度ごとに治り、退院でき仕事にも復帰できて、あとは、そんなことがあったか、という平気な顔をしていた。今度は血液の病気ということで、抗がん剤の治療を受けていた。難しいやまいのようで、でも、症状が治まって、退院した。今度もまた前と同じことで済むのかも、とも思えたが、しかし、完治のない疾患だとのことで、医者が常時診てくれる老人施設に入った。それを見舞ったのが月遅れの盆と彼岸をかねて墓参りした去年の九月である。広い、きれいな部屋で、知っていなければ長期の休養を兼ねたホテルの一室とも思えるくらいでさえあった。

「苦しいですか」

「いや、何ということもない、眞子も女房もよう来てくれるし、修ちゃんたちもわざわざ遠いとこを来てくれて有難う。ほんとにお見舞いに来て貰うほどのことでないがいね」

「そんならまあ、いいけど。来て見たら聞いとったより元気にしておいでる、まあ、安心した、ほんでも病気は病気、大事にして下さい」

そんな会話があった。眞子とは娘である。その前に見舞ってそこへ行く道順を教えてくれた上の妹は、

「ちょっとぼけたのかしらん、私やということが分からんみたい、受け答えがとんちんかんなのよ」

と言ったのだが、そんなことはまったくなかった。

「そりゃあ、君らが行った時間がよくない、眠っているところを無理に起こしたからやね、夢かまことかと健康な人でも戸惑うてしもうわ。われわれのときはベッドに横になっとったけど新聞を読んどったときやったからね、しっかりしたもんやったよ。遠いところをすまんね、輪島へ行くときも向こうへ帰るときも、事故を起こさんように気をつけてね、って、逆に励ましてくれるほどやが」

そう答えた。輪島は修平の妻の里である。

そんなことで、もう一度よくなった上で自分の家に帰り、もとの生活ができるかどうかは見通せないにしても、明日あさっての出来事になるとはそのとき考えられなかったのであった。

十二月になって、

「眞子ちゃんからの話なんやけど、おにいさん、悪くなって来てるみたいよ、ひょっとしたら、年内、ってところかもわからないってお医者さんが匂わしている、とか」

電話がもう一人の妹からあった。

「見舞いに行くのか」

聞くと、

「面会できないようにも聞いとるし、今は行かないけど、一応、知らせておかないと」

「お姉ちゃんはなんて言うとるのか」

「すこし動転して、状況がよく理解できないみたい、これも眞子ちゃんからの話やけど」

「ふうん、そうか」

と終わった。

それを修平は妻の範子に話した。

「お正月と一緒になると困るわね、今年は雪子んところがみんな来ると言ってるし、岳雄もなにも言ってきていないけどいつものように来ると思うわ、お葬式に出かけるとなるとどうしたらいいのかな、みんなに留守番してもらうかそれとも折角来たのを追い出して帰ってもらうか、今から考えておくのも不謹慎だし。ただ、銀行も休みになるので、要るものは用意しておくことにするわ」

だが、医師が言ったという言葉の通り、年は越せなかった。大晦日に日が変わったばかりの真夜中に、その知らせが来た。時間をおいて、元旦だけは避けて、通夜、葬儀を行なうことも、追いかけて知らせがあった。


「風邪、ひいてしまった、そっちへ行けるかどうか、分からない」

娘の雪子が十二月の二十日過ぎに電話して来た。

「無理して来ないほうがいいわよ、いま、インフルエンザが流行りはじめているらしいし、そうだとしたら、あんたのところ、家族多いんだから、次々にかかるわよ、お正月のお餅なんか、宅配便で送る」

範子が出て、そう言った。

「でもね、今年、行かなかったでしょう、来年は岬が受験だし、まず、行くことにはならないわね、おじいちゃんおばあちゃんの顔、うちの子供たち、忘れてしまうのもどうかと思うわ」

そのあと、範子は、

「こんなこと言ってきたけど、みんな集まると思って、そうなると、とてもお正月のお料理、八人前は用意する体力、もう無くなってるから、おせちのセット、今年は思い切って大きいのと中くらいのと二セット予約したの。もしもほんとに来ないとなったらどうすればいいのかな、これも難題」

　修平にそう話した。

「それに、金沢の昭夫さん、年を越せればいいけど、子供たちみんなが来てるときにわれわれがお葬式に出かけるとなるとどうなるのかな。それは言ったのか」

「それはこの前言った。金沢の眞子ちゃんのお父さんの病気、危ないのよ、年末からお正月になりそうなの、と。そしたら言うこと面憎いじゃないの、お葬式は元日とかには、やらないのじゃないかな、そんなことになっても日を外してずらすからママたち心配しなくていいんだよ、だって。そのあとだったら、私たち、元旦のお雑煮とおせち食べたら帰るわよ、と言ったわ。本心は気にしてるらしいのだけど、心の底ではそれはもっともっと先のことと思ってるのよ」


　二日の朝、息子の岳雄がまだ居たいふうにしているのを追い出すようにして送り出し、修平たちは葬儀に出かける準備をした。大勢の家族で来ていた娘雪子の一家は元旦が大雪になるという予報を聞いて、大晦日の日に朝食をすませるとそそくさと自分たちの車で帰った。娘の風邪は治まっていたが、来る途中の車中でうつったらしく、娘の夫、長男、は修平の家に着くとすぐ布団を出して寝込み、二日間ずっと寝て、熱も下がったから大丈夫、と言って車に乗って出て行った。元日は結局、有り余るおせちを前にして、小人数で黙々と食べた。帰っただれかれが連れてきた風邪がこの家に居残り、みんな、言葉は弾まなかった。

北陸は大雪、とテレビが報じている。米原付近の新幹線の遅延が何十分、などと言っているが、北陸線などのことにはふれていない。風邪を貰っていないか、向こうへ行って、発症しないか、気にかかる。いっそのこと列車が不通になってしまえば、それは気にしなくていい、不可抗力である。行かない名分になる。そのことも少しだけはあってもいいと言う気持と、しかし、葬送の式に出かける以上は、支障のないことを望んだほうがやはりいい。

持って行くものをもう一度確かめる。これでいい、と確認する。

玄関で靴を履こうとしゃがんだ修平に冷たい液体がざあっとふりかかった。何事か、と立ち上がりかけると襟元に水が流れ込み背中に広がった。あっけにとられると、目の前を緑青色の壺が通り過ぎた。そのあとに、松の緑、椿の赤、水仙の白がばらばらと走った。床に当たった壺が音を立てて割れた。範子がけたたましい叫び声を上げげた。修平もやっと事態が呑み込めた。

作りつけになっている下駄箱の上の、正月用に生けた花瓶と台座を、その下敷きにしている飾り布を引っ掛けたことで、一緒に引きずり落としたようであった。

「何してるのやら、こんなときに」

範子が目を吊り上げる。

駅まで、夫婦は不機嫌を残したまま歩いた。金沢までの、通しの切符にした。雪で、北陸線は大丈夫かな、と二人で言っていたのを、なんとなく、手間は面倒、という気持になっていた。家を出る前には、名古屋駅で運行状況を確かめてからのほうがいいと言い合っていたのである。


駅の高架の通路から発着のホームへ降りるエスカレーターの上で、修平は思いがけなく尻もちをついた。なぜか分からなかったが、左に礼服を入れた手提げを、右には着替えの下着や洗面具などを詰め込んだバッグを持って両手ともふさがっていて、手すりベルトは摑むことは出来ていなかった。しかし、こんなかたちは今までも何度もあった日常事なのだが、今日のようなことは起きたことがなかった。慌てて起き上がろうとするが足が下方へ運ばれて先に進むので出来ず、もがくと、頭が引きずられるように後ろへ落ちて上の段の踏み板に打った。痛い、という感覚よりも、ずるずると引っ張られる恐怖が来た。声を出したと思ったが誰にも聞きとられていないようであった。肘を使ってステップについて上体をやっと起こし、腰かける形をなんとか作り、荷物を持った両手をそのまま支えにして安定しない形ながらもどうにか立ち上がることが出来た。先に行っていた範子が下まで着いて振り返り、声をあげた。後方には、いま、エスカレーターに乗ったばかりの二人の男女しか見えず、修平の転倒の目撃者はいないようであった。

「どうも、今日は日がよくないね、やめた方がいいということなのか知らん、二度もあった、三度目が来るとしたらどんなことになるんだ」

そう言ったとき、電車が入って来た。ドアが開き、乗客たちに挟まれて二人はそのまま乗った。

名古屋に着いて確かめると、北陸行きの特急は定時で運行していた。指定券は持っていなかったが、始発で座席はすぐ確保できた。

金沢に着く。三時間ほどの列車旅。途中、琵琶湖湖岸のあたりは吹雪が激しかった。列車が停まらなかったのはよかった。金沢は冬の冷たい夕暮れの景色、今夜の宿を見つけなければならない。自分の持ち家はタクシーで十分ちょっとなのだが、雪の今では家に入る前に雪かきをまずしなければならないし、実情といえば、母の死後、夏の僅かの日数だけ来て、あとは空き家にしている。冷え切った空間を暖める時間、ほこりの積んだ空間の掃除、急に駆けつけたこの際、使えない。それよりも、今夜の通夜に間に合わせるためにもすぐ宿に入らなければならない。

二人とも口にするのを抑えようとしていたが、発つ前に忍び込んだ病原体がからだの中で少しずつ姿を大きくしかけているようであった。列車でからだを揺すぶられているうちに、まず、範子の体温が上昇しからだがだるくなった。駅からすぐの大型ホテルが、運よく取れた。最後の一室の喫煙ルームしかツインはないがいいか、と問われたが、それを選ぶしかない。範子は本心はこのままベッドに休みたいところを着替えをして歩いて五分ほどという通夜会場へ向かう。からだが寒い、足が重くて、雪に取られる。

故人はいい死に顔、最後に見舞ったときより優しい顔。

ホテルに戻ると、範子の症状がひどくなった。急いだ出発で、旅のとき持つ保険証も体温計も、忘れている。お医者さんには行かないわ、と言って、総合ビタミン剤を多目にのんで、なんとかしのごうとする。

三日の日、結局、告別式に参列して、それ以後のお骨上げ、会食は出席しないで午後いちばんの特急がとれて二人は帰ることとする。通夜、式と、最小の礼儀は果たした、と自分たちを納得させる。それでも、三重の家に帰り着いたのは午後六時。火葬場まで義理を尽くしていたら、何時間もあとになった、からだがもったかどうか。

昨日は熱の出てきたからだを感じながら二人は大丈夫だいじょうぶと自分に言い聞かせ信じ込ませて三重のわが家に帰り着いた。一仕事終えた安堵があった一方で、気持が緩んだのか、と修平は思った。四日の朝、目を開けると室内灯が揺れたように見えた。地震、とも考えたが、少し違うようである。立ち上がると、こんどは、上体が揺れた。足を動かして用足しに行こうとすると、足がもつれた。分からないまま用をすませ床に戻る。仰向けに寝ているのに目が回る。

横の範子に伝えると、体温計をくれて、

「ちょっと、測って」

という。電子音が鳴って、見る。間違い、と思い、もう一度測る。

「三十九度五分」

「私、八度五分」

と範子がいい、

「お医者さんに行かないと、二人とも」

そして、

「でも、今日は日曜日、休診日だわ、救急車、呼ぶのかな、いやだな、でも、緑林病院なら当直の先生がいてみて貰えるかもしれない、電話してみる」

範子は普段からなにかとそこで診てもらっている。

三十九度八分、体温を測り胸を聴診し喉を見、病歴を聞いて、医師の顔に緊張の表情が見える。初対面の医師、修平は、X線、CT、血液検査、と検査室を順繰りに回らされる。あと、

「悪いです、ひどい状態ですね」

と告げられて、修平は、

「毎日、通院するのですか、歩いて五分ですからできます」

「それでは、ちょっと安心できません」

「入院しないと駄目ですか」

「そうされた方が行き届きます」

範子と目を見合わせ、

「じゃあ、入院します、させてください」

さっきは救急車は頼まなかった。「少し待ちですが来て下さい」と言われて、二人で支えあうかたちでそろりそろりと歩いてきた。来て、そんなに時間がかからないで、入院までが決まった。

一緒の入院になるかと思ったが、範子は鼻粘膜をこそいで取って検査してインフルエンザの反応が出た。こちらは処置室で粉剤イナビルを吸入して解熱剤を貰って自宅へ帰される。あと、一週間の禁足。

それでも、修平の入院に要る洗面具、下着などを取ってきてくれる。それから帰って安静保持。

修平にはインフルエンザの反応は出ていない。殆ど同じ行動をとっていたのに、違う病気の診断。

二十年ぶりほどの入院、さっきとは別の医師が巡回してきて
「肺炎です」
と言った。ついている看護師が「院長先生」と呼んでいる。外来では病名は聞かなかっ

た。年を取っての死因の大きなものは、がん、脳や心臓の血管障害、そして、肺炎、と教えられて、だから去年の秋、かかりつけの医院でも奨められて肺炎球菌ワクチンを接種した。あれはこの際、効果はないのか。多少は効いて症状を軽くしてくれるのか、それを念願する。このまま三大死因の一つに捉えられては、先日見送った義兄も申訳なく思うに違いない。

治療は抗生物質などの点滴。むかし重病にかかった頃は、点滴は一日三時間ずつ四回、と間歇的であった、こんどは腕に針は刺しっぱなし。廊下を点滴台を引きずって患者が歩いている。修平も少し良くなったらあのようになるのだろう。

ともかく、いまはただ眠ること。気がつくと「夕食」と知らされて、これは、完食。体温血圧等の測定があって入院一日目が終わる。

夜。眠ったり目が覚めたり、馴れない病床で朝になる。朝食、八時頃、全粥、と紙の但し書きがついて、そのほかはまず普通の食事。食後、歯を磨いたものかどうか、だが、洗面所まで歩いていいのか、と惑い、お茶で口をゆすいで、言葉通りお茶を濁す。

午前に続き午後の測定、体温が三十七度四分、昨日に比べて一気に二度四分下がる。点滴薬が効いている、このまま良くなってくれるのか、そうならとても嬉しい。だが薬が一時抑えしているだけなら糠喜び、とはなって欲しくない。

ベッドから落ちたりしたが、体温は五日目には三十六度三分と、普通といっていいところになる。

範子は相変わらず禁足。

「頼まれました」

と言って、隣家の夫人が剃刀や補充の下着など持参、恐縮する。自分の買い物のついでに、我が家のものまでしてもらった由、感謝多大。

六日目、体温三十六度二分、体調安定。指示で血液検査の採血を病室で、胸部撮影のためにX線室へ。

結果、

「肺炎を示すものは消えた、もう、退院してもいいね」

旅の出発の前にもからだに不安は感じていた、医師に尋ねていたら、取りやめるように言われただろうか、と修平は考える。

あのとき、実は、玄関の花瓶、駅のエスカレーターが行くな、と態度で示した。それが理解できなかっただけなのか、と、このときになって何度も何度も口に出してみる。

父の色彩

やっと、念願の色が出た、とまでいうのは少し大げさか。だが、それに僅かだけは近いものが出てくれた、とは言ってもいい。そんな気持が持てる、心のほぐれる思いがする。この何年間、じれったい、歯がゆい、と、自分を叱ったり、嘆いたり、と、情けない日々が続いた。焼き上がってみないと最終の色彩が分からない仕事である。先人、というまでもなく、昔、子供の頃に見ていた父、さらには祖父の、姿を知っている。出来上がった色皿を、睨みつけるように見て、「えいっ」と傍らの石にぶち投げて粉々に叩き割る、という姿は、ものの本で読んだ先人のことか、それとも、直接この目で見た父祖のことか、混然混沌としてはっきりとは区別できない。窯から取り出した絵皿を叩き割ることだけは、ここ数年、そんな先達と違わないことをしてきたが、みんなそんなことばかりして、自分の作ったものは、なにも手元にない。

河本卓治はこれも割り捨てる対象か、それとも、僅かながらとは言え自分の心をほぐしてくれた記念物か、と手にとって静かにさする。自分の焼いた作品に、否定的な印象はいだかなかったのだ。そんな自分にも驚く。

いま教えを乞うている師と心で呼ぶ人に見てもらうことを思いつく。何という言葉をもらうことになるか、気力を高める励まし喜びに繋がるか、今度もまた希望を見出せない日々に続くのか、しばらくは、時間をおくことにする。

いや、その前に、妻に見せて何を感じるかを聞いてみるか。いつもは門外漢、なにも分からない素人と、そのいうことを無視するくせに、今日は、誰かのほめ言葉があってもいい。

「ちょっと、来てくれないか、いや、そっちへ行く」

と、声を上げる。

会社勤めを三十数年、していた。勤務の場所は北から西へと何か所も移ったが、ひとつの会社である。メーカーの営業の仕事で、骨を折って働けば、それなりに業績があがり、それは自分の喜びでもあった。新規の顧客を開拓したこともあるし、製造開発部門の作った新しい製品をそれをうまく使ってくれるように説得して客ともども喜びあったこともある。求めなくても社内で認めてくれて、地位もあがった。時代がよかった。

ひとつの仕事にきりがつくと、また、別の仕事が来た。知り合いになった客先から「こんなものを作って貰えないか」と投げかけられ、持ち帰って開発の担当に取り次ぎ、頭を絞りあって取り組んで、新しい仕事になったりした。時には、今までひとつの用途にしか使っていなかったものが、突然、別の使い方が客先から提案されて技術部門にちょっとした改良を加えてもらい、また、需要が伸びたりした。いつの時も、自分ではそれほど知恵を絞ったつもりもないし、苦しい思いを重ねて骨を折ったという印象もあまりないのに、ひとは、よくやる男だと思ってくれる気がした。

いい年月が続いて来た。仕事の方が、卓治の手に関わって欲しい事々を持ち込んできて仕上げてくれるのを急かすような日々だった。

雲行きが変わったのは、気付かなかった、というわけではない。少しだけの先輩、さらには自分よりもちょっと後輩に当たる同僚にまで、その小さな変化は静かに歩み寄って来ていたのだ。

卓治には、しかし、ひとには、親友にも妻にさえも言ったことのないささやかな自負があった。

「私は、違うだろう、まだ、必要。いなければ、成り立って行けない」

いつの間にか会社から姿が見えなくなっている同僚たちとは、多少は違うだろう、という思いがあった。

会社の業績はいつも変動があって、いいことばかりがやって来るわけではない。ボーナスががくんと落ち込んで、妻から嘆きの愚痴苦情を聞かされることが続く時期もあった。

「我慢、がまん。この次はよくなるよ」

と、当てにならない言訳でしのいだりしたが、ローンで借りた自分の住宅資金の返済が心配になる。そのうちに、いつかまた、いい波が来るに決まっている、そんなことを理由もなく自分に信じ込ませる、妻にも言い聞かせる、といった日々になったこともあった。

ほんとうは、自分の仕事の成果を、「これは私のやったことだ」「これだけ業績向上につながった」と少しは人に吹いて回るのが勤め人として必要だったのかもしれない。それをしなかった。このときになって悔やんでも始まらない、と、思う。反省、なのか、言わなければ分からない、上司への恨み言なのか。

会社が社員に馴染んだ居心地のいい制度を改革して、あまり会社をあてにするな、と態度で示し始めたのは、いつの頃からか。

上司にあたる営業本部長の我孫子から、

「ちょっと、私のところへ出てきてくれないか」

と、電話があった。ほかの用件で、支店から東京の本社へ出かけたのはつい先週である。

そのときも本部長に仕事の報告も含めて必要な話はしておいた。ふんふん、と聞いてくれて、特別のことは言わなかった。業務の指示も、そのとき、なかった。

あの時、言うべきことをなにか言い落としたことは、と思い返したが、心当たりはない。

何だろう、と、若干の不審は思った。

指示された日、本部長のところへ出向くと、

「ああ、ご苦労さん」

といい、

「用件は私が話してもいいのだが、それよりも、人事本部長の田尻常務から直接聞いたほうがいいだろうね、私からだと回りくどくなるかも知れないし、誤って受け取られてもいけないからね」

目を合わさない姿勢でそういった。

それだけでは、なんのこととも分からなかった。

「河本君が出て来たので君のところへ行くように言ったよ、よろしくね」

電話でそう告げるのを黙って聞いた。

「今度、役職定年、って制度を作って、ね」

田尻は卓治に言った。

「いや、今度、というのは正確ではない、三年前からです。だが対象者が役職者だから一般には公表していない。自分の周りにそんなひとが出てくると気付くことにはなる。河本支店長に来て頂いたのは制度をご存じかどうか分からないのでその説明もしないといけないからです」

それから、この制度をあなたに適用することが認められたので、と言った。誰が認めたのですか、と聞くと、社長です、と言い、誰が申請したのですか、と聞くと、私です、それと、我孫子常務の意見も入っています、と言った。

「なにか質問はありますか」

と聞かれたが、呆然として、

「はあ」

としか言葉にならなかった。

五十五歳になったら役職を外れる、とは知らないわけではなかった。それが自分の身に適用される。今までの部下が就く新しい支店長のもとで支店長付というのになってその指示を受けて働く、というのが今後の働き方であった。

この歳までに役員になっている社員は適用されない。子会社の役員に出向している場合も、である。そんな説明も聞いた。同期の友人で、子会社の社長に回されたのがいた。優秀で、貢献度も大きい男だった。そのとき、可哀想な、と思ったことが頭に浮かんだ。しかし、その後いきいきと張り切っている。羨ましいと思わなければいけないのかも、と今は考える。


一時間ほどでまた我孫子のところへ戻り、人事との話を報告する。

「聞きました。疲れましした」

「ご苦労さん」

と我孫子は言い、

「私が説明すると、制度のことなど、間違ったりするし、なによりも、このことは人事の専管事項だからね、最終決定は向こうがしてこちらが同意した、いや、させられた、ということだな。君にとっては不本意なことかもしれないね」

そして、

「君は、役員候補にあがっていたんだが、私の力不足もあって、こうなった」

とも言った。

「まあ、すべてが思うようにはいかないですから。ここまで来られたのも、運のいい方、と思うことにしますよ。気にしないで下さい、それよりも、気を遣って下さって済みませんでした」

卓治は元気のない声で、しかし、元気ぶった顔を作った。

心の中では、大きな声で叫びたい不満があったけれども田尻にも我孫子にも、言わなかった。言ったところで聞き入れてもらえることではない話だと、三十年の経験が自分に教えている。役員の選考が行なわれている、そのことは知らないわけではなく、しかし、自分がその対象者になっているとの話は風の噂としても自分の耳まで流れて来もしない、そのことが、今日の話につながることは、感じてはいたのだ。それも自分に言い聞かさなければならないことだ、と思わないといけないのだ。

「でも、今まで支店長で取り仕切っていたところで支店長付というのもつらいな」

我孫子は言い、

「何なら営業本部付、というのも考えていいよ。それくらいは私にも出来る。今まで君にはたくさん助けてもらって来た、ちょっとはいいことも返したいからね。そのほうが君もやりやすいかもしれないし、なによりも、こちらも河本前支店長、ということで、君のネームバリュウが生かせて仕事に役立たせてもらえる」

「有難うございます。考えて見ます」

卓治は応じた。

あるとき、懇意にしている医師が卓治に言った。

「勤め人の方はいいですね、定年、という制度がある。医者をしていると、いつやめていいか、分からないのですよ。続けようと思えば、まだまだやっていける気がする。今まで何十年、してきたとおりにこの後もやっていけばいいのですから。でも、医学のほうは、こっちがむかし修得したとおりにやっているあいだに、どんどん先へ進んで行く。遅れてはいけないと、学会誌も目を通し、学会にも出来る限りは出席して新しい知識の吸収に努めはするんですけどね。定年、というものがあって、お前はもうついていけないから、今日で手を引きなさい、そう言ってくれれば、気が休まるとは思いますが」

せっかくの機会だから晩飯でもどうだ、と言ってくれた我孫子の誘いを断わって、

「用件も言わないで来たので、女房も、何事かと気をもんでいるかも分かりませんし」

と、新幹線に乗った車中で、昔、聞いた言葉を思い出している。

自分は、日々、動いていく会社のこと、経営、経済のことについて行っているのか、いや、ついて行けているのか、と自問する。ひとよりは、多分、意欲的に仕事に取り組んでいる自負はあるのだが、あるいは、ひとりよがりに過ぎないのか。医師の述懐のように、社会

そのものといっていい仕事のなかで、進んで行く現実を直視できないで、過去に身につけた古い知識にしがみついてそれを認識できないでいるということはないのか。それにしても、こんなことを考えるのももう手遅れという声を、耳の奥で聴いている感覚を覚えたりする。

我孫子はこう言っていた。

「家は東京だったよな、今、どうしている。そっちには奥さんも連れて行っているんだろ。営業本部に来ることになったら、自分の家に戻ればいい」

「そうですね、それもありますね、藤沢ですけど、東京の学校に行っている次男に留守番代わりに住まわせています」

これから来る、前線を退いた、老後、と呼んでもいいかもしれない年月が頭の中を行き来した。昔、予備役、という言葉を聞いたことがあった。身の回りに軍人はいなかったが、小学校の友だちの祖父さんに、えらい人がいて、そんな呼び方だといっていた記憶がある。

「なるほど。その、予備役、になるということか」

「あら、早かったのね、ご飯、どうなさる、私はもう済ませたけど」

という妻に夕食を頼み、今日のことを話すつもりが、卓治には難しく思えた。ビールを一本飲んで、やっと口に出すことが出来た。

「聴いてくれるかな、予備役、という言葉を知っているか、それになれと言われた、みたいだ」

河本徳治、十年前に死んだ。七十五歳、陶器を焼いていた。自宅と工房を兼ねた、作業場を持っていた。卓治の父である。一応、号、も持っていた。越泉《えっせん》、といい、作品の裏に印していた。

卓治も、子供のころはその周りでよく遊んだ。友達を連れてきたり、ひとりだったりした。高校までは、真似事のように父の横でこねたり描いたりした。それを父が自分のものと一緒に焼いてくれたりしたのを覚えている。もっと小さいころ、祖父の翔助も同じ家に一緒にいた。越水《えっすい》、といっていたが、これはおぼろげ過ぎて、記憶とまではいえない印象である。

大学に進んで家を離れるとき、父は卓治に、

「美大じゃないからな、あとは弟子に来てくれている八州男に継いでもらう、ということになるか。八州男が『うん』と言ってくれれば、の話だがな」

そう言った。

「今どき、一子相伝の時代ではないし、なにより、そんな名のあるうちでもないから、気に

するな。それより、自分で選んだ前途だ。家のことなんか忘れて頑張れ」

それが、絵のように、といえば大げさだが、何かの時に美化されて浮かぶ。

丈夫な達者なひとだと思い込んでいたが、突然のように肺炎を患い、短い療養のあとで亡くなった。卓治は全く予期しなかったので、三日ほど見舞いのように側についたが、窯のあとの処置についてはなにも話をしなかった。弟子に来ていた越霞《えつか》、こと、野口八州男はすでに独立していて頼まれたときだけ手助けに顔を出す程度だったから、越泉窯を継ぐ立場にはなかった。

そのころにはもう薪を焚く窯は、過去には空き地だった隣接する土地にも民家が迫っていて、煙は一種の公害扱いをされて使用を停止し少し前から使われ出した電気の窯になっていたので、年に一度は卓治が来てお守りの程度にスイッチを入れた。会社の仕事が忙しかったから、こんな日にちを作るのも結構大変に思えた。準備、当日の気配り、そして、後始末、と、気楽なことでは済まされないのである。長男なのに、といっても男は卓治だけだが、孝行というようなことはなにもしなかったという負い目もある。亡くなった父、それに、祖父へのせめてもの孝養だと思うことにしていた。昔の薪の窯だったらとうてい無理なことだが、電気なのでなんとかやれる。

陶工の妻として父の生きているあいだは、身の回りの世話も窯元のいろいろの事務や付き合いなどの雑事も手落ちなく取り仕切っていた母だったが、ひとりになると極端に気落ちしたようで元気がなくなり、三年ちょっとで父のあとを追った。

そのあともそのままにして、卓治は年に一度の手入れは欠かしていない。


このまえ呼ばれて申し渡された役職定年の通知、あるいは告知ということになるのか、それはその日の三か月前、ということだそうで、実際の発令は満五十五歳を迎えた日の月末とのきまりと聞いた。八十日あまりの日にちがある。そのあいだも支店長としての業務は続けているので、本社にもたびたび出張する。

部門違いだが、卓治がこのあと同じような処遇になるという人が本社にはいると聞いた。経理と企画、という。少しだけ知っているその部門の社員を訪ねる。

「これは珍しい。何の御用ですか」

と言われて、

「いや、なに。本社へ出てきても決まったところしか行かないから、たまにはほかの部屋ものぞいて見ようかと思ったんです」

それから、

「小山田さんとはどのかたですか」

と聞く。

「あのかたです」

と目で示して、

「敏腕の経理マンで、わが社に新しい会計のシステムを導入されて古い時代遅れのやり方を一新された、そんな先輩です。伝説上の、とても偉いかたです」

「すごいですね」

卓治が相槌を返し、

「現在は後輩のいろいろの相談に乗って指導したりなさっておられるのですか」

と聞いた。

「それが」

と言って口ごもり、思い切ったように、

「いまは、朝出て来られて、新聞を三紙、隅から隅まで読んで、回覧で回ってくる書類に判を押して、定時までおられて、静かにお帰りになられます。部内会議には出席されますが、ご発言をお聞きしたことはないですね」

そんな話だった。

「この一年、ほかのことでもなにも口をきかれてはいないのじゃないでしょうか」

経理のあと、企画へ回って同じような話を聞く。こちらは、会社が大発展する凄い案を組み立てた、尊敬する先輩だと相手は言った。

「あの方がおられなかったら、現在の当社はない、といっても過言じゃないですね、神様のようなお方、という人もいます」

いまは、会社へ顔を出されるだけがお仕事、と話すのを聞く。

「後輩が知恵をお借りしたり、相談したり、ということはないのですか」

「凄い発想、というものは、やはりある仕事に直面していないと出ないものなのでしょうね、素晴らしかった方でも、時が過ぎたいまは、どうなんでしょう、やはり過去の人、というか」

自分は、少しは営業面で貢献したにしても、この先輩の足元にも、及ぶか及ばないか。そんな功労者の姿を、いま、卓治は目にする。

「ごめんなさいね、お忙しいところを勝手にお邪魔しちまって」

何か、分からなかったことが、分かってきた気がする。この会社の繁栄は自分の喜び、困難は自分の心の痛み、そんな気持がこの三十年以上の仕事の信条と心情だった。

すうっ、と、何かが、背筋を走る。

会社との一体感、それが、自分のなかで、後退して行く、薄くなって行く。それを埋めてくれる、何かがない、何物も、見えて来ない。

神主に来てもらい、祝詞をあげ、お祓いをしてもらった。窯を再開する日である。新しい窯開きではなく、父越泉の死で休んでいた窯を十年のあいだをおいて再び火を入れる。休窯の養生明けという主旨である。越泉窯の名前はそのまま、卓治が自分でいいと思えるものが焼けるまで、このかたちで行く。

今は名も知られて中堅から重鎮の域に入りかけている、越泉の弟子として修業した野口八州男の越霞に相談した結果、こんな格式となった。

「卓治さん、いよいよお父さんの遺志を継ぎ、満を持しての立ち上げですね。お祝いします」

と言ってくれて、

「これを知ってもらうために、仲間を四、五人呼んで出発の式典にしましょう」

と言った。

「いや、冗談じゃないですよ、ひっそりと、人に知られず始めようと思っているのですから」

そんな自分の意向を伝えるのだが、

「なんとおっしゃる、大会社の支店長の要職を投げ打って、亡き父の遺志を継いでの出発、ニュースです」

地方新聞にまで知らせる、というのだけは勘弁してもらって、それでも、越霞の親しい陶芸家が数人来てくれた。恐縮するばかりである。

ほんとうのところ、昔、父について手ほどきを受けた、などと言えるものではなく、横で見ていただけ、というのが正しい。

しかし、八州男の越霞は、

「いやいや、お父さんの先生には、筋は悪くないのだが、と期待がありました、あの時はやはりお淋しかったと思いますよ。卓治さんが別の道を目指すと言われてそれを尊重されたんです」

父はたちで始めて四十歳のころには一人立ち出来るようになった、自分には五十五歳からまだ二十五年から三十年ある、年数に不足はない、思いを定める心の底に、そんな計算があった。集まってくれた人々の祝意を聞いていて、不安も走る。自分に親しんできた手わざは、会社の中にあってはじめて光るものなのかも知れない。一時のたかぶりに年甲斐もなく道を踏み違えたのか。いつの日、今日集まってくれた面々に、「あの時のお励ましのおかげで」と胸を張ることができるのか。

もう、過ぎた、後戻りの出来ないすぐそこの記憶。頭から振り切られないあの自分の判断。また浮かんできて、鬱々としてしまう。

いさぎよい、と言われた。この言葉はこんな風に使うのか、と知識を新たにした。心を決めて、本社に赴き、自分の判断を知らせた。付き職、とも言ったらいいのか、現役の支店長を役職定年になってその地位に就く一と月前のことである。聞かされた相手は、びっくりした表情を見せる。ただ、本心か、内心ではちょっとだけ予想していたのかも知れない。

ほんとうに、その日になって、もう一度、行く。社長、会長、前会長の相談役、ほか、摑まえることのできた役員たちにも挨拶する。

「そうだってね、でも、することがあるんだから、羨ましいね、私だって、あと一期二年がいいところだもんね」

そんな言葉もあったが、

「お金のほうは大丈夫か、せっせと貯めていたようには見えなかったが。奥さんも専業主婦だよね、大学教授、とか、女性事業家だとかだと、じゃあ、これからは私が食べさせてあげますわ、ってのもあるらしいけどね」

卓治と同じ立場で父の経営する会社をそのうち引き継ぐという親しい友人の山奈が言った。

「背水の陣、って気持かな、これでも何日も寝ないで考え決断した。君にも何年か先に、いい報告ができると嬉しいんだが」

「まあ、きれいごとだけでは済まないだろうね。なんと言っても我々は出来上がった組織のなかで生きてきたんだ。組織を自分で作ったんじゃない。とくにあんたはこれからそれも作る。いままでの知識の外だよ、きっと」

そして

「でもね、くびを吊ったり、するなよ、そんなことになったら知らせろ、何とかしてやれるかも知れない」

真面目な顔になって言って、

「もっとも、こっちだって安泰が保証されてるわけではない、俺があんたに救援を頼むことになるかも、な」

「有難う、いまの言葉、忘れない。お互い、元気でいようよ」

陶土、色材、道具、一揃いは父が残したままだが月日の経過を考えるともちろんそのままは使えない。父が懇意にしていた仕入先に自分で足を運んで、手土産も渡し挨拶する。父と同じものを頼むと、

「越泉先生のとおりには難しいと思いますよ、いろいろ工夫研究なさって人との違いを出されておられましたから。はじめはこんなところからではどうですか」

それに従って用意を整え、しかし、しかし、と、もう少しは、と思ってはじめてのならし作りと試したのが、かたちも色も、公民館の陶芸講座にも見劣りする出来上がりとなる。水と土の割合、何段階かを踏んで加える、その硬軟。そんなあれやこれやの恐ろしさ。初心者として扱われて渡されたときに覚えた少しは意識にのぼった屈辱感が、瞬間に無力感に変化する。

人目を忍ぶように、越霞を訪ねる。

「何ですか、顔色がよくないですね。気苦労が多いでしょうから。私なんかはひとつことしかやってないで来ましたから。卓治さんがご存じの頃からは時間が経っています、いろいろと記憶が薄れたこともありますでしょう」

という。昔の師の子息、といった礼を忘れない。それが却って教えを乞いたい卓治の口を重くさせる。

「そんな、多分、初歩のことを父からしっかり教わっていなかったのでしょう、恥ずかしいことですが」

そして、こんな時、どうしたらいいものか、と、たずねる。たとえば、土と水の混ぜ方、捏ね方。相手はぽかんとして質問の意味が分からない。

「そんなこと、考えたこともなかった、手が独りで動きます。そうですね、越水先生は、少し土を入れて、水をその三分の一入れて、十分間捏ねて、と言った具合でした。はじめは横で見ていて、それを真似した気がします。ひとによって違うでしょう、はじめのころは、手、肩が動かなくなるように疲れました。痛くなりました。なに、恥ずかしいことはないですよ、知ってることはなんでも教えますから、言って下さい、すぐ、身体が思い出しますよ」

「お言葉に甘えます。これから先生になって下さい」


「電話です」

妻が取り次いで卓治に受話器を渡す。

「誰から」

「会社よ、興和工業」

去年までの勤務先、

「用事は何と言った」

通話口を手で押さえたまま妻に聞く。

「聞いてません、河本支店長、っておっしゃった。それだけ」

副社長をしている三年先輩の大野だった。

「ご無沙汰してます、お元気ですか」

と言った後、用件を話した。

小さな関連会社なのだが、面倒を見てくれないか、という。知らない会社ではないが、直接関わったことはない。

「どうしたのですか」

たずねると、惰性で来た数年来の経理処理で問題が生じて、その立て直しが急務となった。親会社としても看過できない、貴方にもう一度だけ復帰して頂いてそこの社長として力を貸して貰えれば、と言う。

「私はご存じのように」

と言うと、

「分かってます。今になってお願いするのも何なんだが」

社内で議論して、河本さんの名前が出た、それも第一優先で、と言った。

「ううん」

と言って、一日、猶予を貰う。

馴れない仕事に、正直のところ苦労している。元の会社の子会社なら、昔の手腕はまだ生かせるだろう、勘も、まだ錆びてはいない。頼まれるということはこの河本をほんとうは惜しがっているのだ。

いさぎよい、といわれ、恬淡とした素振りで会社をあとにした。ほんとうは、負け惜しみだった、やせ我慢だった、のかも。

一瞬、現在の自分を忘れ、栄光の過去が頭をよぎる。

一晩考えて、電話する。

「考えてくれましたか」

「有難うございました。私の名前を覚えて下さっておられただけでも嬉しいのです。が」

この話を引き受けることは今の越泉窯の仕事を断念すること、ここで窯の仕事から手を離せば、再び、はない。一方、大野の話を断わったら折角つながりかけたもとの勤務先との縁を断ち切る、のだ。

「こんないいお話、お聞きするだけで悩みます、眠れませんでした。でも」

もう一度、有難うございました、と言って、辞退の意志を伝える。

「そうですか」

まだ、一週間ほどは待ちますから、と言葉を聞いて、でもこれが最終、と自分に言い聞かせる。

惜しかったのか、正解だったのか。断わったあとでも頭を離れない。

「そんな、くよくよしていると、どれもこれも駄目になるわよ。しっかりして下さい」

珍しく妻に叱られて、土捏ね、色合わせに精を出す。公民館講座の段階は、二年ちょっとで通り過ぎた、と自分で判定する。次は工芸高校の窯業コースのレベル、これを二、三年で通り抜ける、そして、そのあと、美術大学の陶芸専攻程度、ここになると、越霞のもとに足しげく通い彼から奥義めいたところの教えを乞う、自分ひとりで勝手に描いた予定表を心に納める。早く行けば全部で五年、六十歳を過ぎてすぐ、時間がもっとかかっても六十五歳には達成できるのではないか。それに、いずれは県展、国展を狙ってみる夢。

だが、何とかなる、と、あまり気に掛けなかった、あるいは、気に掛けないふりをした、資金面が苦しくなる。

収入は、人に言えるものは、ない。支出は、家計のほかに、窯の諸係り。繰上げ扱いで増額で受け取った退職金といっても、いつまでもあるわけではない。

実は、名前を隠して内職を始めている。

少しだけ名の出だした若い女性洋画家の絵を陶画の額にすることを許してもらった。それが、美しくて、物珍しくて、売れる。画家にも卓治にも、ささやかな収入になった。それと、土産物になる小物のアクセサリー。

こんなもののために、我を張ったような意地で前の仕事の愛着を断ったとは思いたくない。

誰にも言わず、工房に何か月も独りでこもる。内職を手伝ってくれているアルバイトの学生もここのところ断わった。収入がほんとになくなる。妻の、何も言わない顔が、いっそうの苦しい状況を示している。仕方がない。次男が就職してからそのままにしてあった藤沢の家を、家族たちにも同意してもらい、不動産屋に頼んで売りに出した。思ったより早く買い手がつく。価格も悪くはなかった。

ほっとする一方で、ほんとうに都会地の華やかさと縁が切れたことをしみじみとからだに覚える。都落ち、会社をやめても東京を離れない、先輩同僚の心が分かる。

工芸高校のコースは修了できた、と自分で判断した。越霞が言った言葉が耳に残っている。

「もう大丈夫ですよ、私の思いつきのような助言に頼らないで、何でしたら、県展へ挑戦して他人からの評価を試してみたらどうですか。自分ではまだまだと思っていても、他人は別の見方をするかも分かりません」

その言葉に従った。

工房の、薄明かりで見る。父の残した作品と並べて見る。同じ色調に見える。もちろん、図柄は異なる。

持ち出して、外の光の中で、また見比べる。

どこが違うのか違わないのか。違う方がいいのか違わない方がいいのか。

自分が何を目指したのか分からなくなる。父の色を、取り組む前にはそのままに表現することが頭にあった。目標にした。

いつまでも見比べる。

同じ、差のない色。照り返してくる光が、自分のほうが柔らかい、のではないか。これが、自分の色。

鋭さがある、といえば、あるのかも、父の色には。

見詰めすぎて、目がおかしくなる。

自信が、揺らいでいる。ひとの目に頼る気持に、いま、卓治はなっている。

大声で呼んだ妻が来る。ここのところ、心が高ぶっている夫に気を遣って工房には来ていなかった。

夫の視線に従って、台の上に置いた作品に目をやる。

驚きで、瞬間、輝く目の光り。言葉はない。

越霞にも見てもらおうと電話する。県展に出してみたいのだが、その水準にあるかどうか。

「いよいよ挑戦ですか、そうです、やらなければなりません。でも、見せていただくことは出来ません」

「どうしてですか」

「私は県展の審査員を委嘱されています。審査の前に先入観が入ると目が曇ってしまうので、事前に見てはいけないのです」

そのまま、出展作、とはまだ言うことはできない、その候補作として搬入する。選考を通らなければ作品は引き取って持ち帰らなければならない。

審査の結果が出るまで、一か月ちょっとある。落ち着かない日にち。

自信を持って出品したくて越霞に見てもらいたかったのが、そうできなかった。動揺と不安が行き来する。

作品を仕上げた安堵感は、まだ、訪れない。

終点まで

車椅子の先に立って病室まで案内してきてくれた事務職員は、「入院のご案内」という表題の小冊子を手渡して、ページを繰って順繰りに説明してから、

「十五ページの入院申込書と身元引受書はほんとうは切り取って事前に書いて押印されたものを渡していただくのですが、今回は緊急のことなので、まずさきに入院していただいて、身元引受される方に連絡されて承諾を貰われてから記入して渡して下さって結構です」

と翔にたいして言って、あと、ナースコールや照明のことも現物を指で示して扱い方を話し、出て行った。


歩道を歩いていて、とつぜん足を引っ掛けた。足元に何か障害になるものがあったのかは気がつかなかった。飛び上がるように、手を前に伸ばした形で一瞬身体が宙を浮いて飛んだ感覚があった。そのとき、水泳プールで跳びこむ姿勢だ、と思ったことは覚えている。そし

て、すぐ、瞬間ののちに、掌が地面を捉えて身体を支え、次に、意識が消えた。空知翔の記憶である。そのままずっとそうしていたらしい。偶然、急病人を救急病院に運んだあと消防署に帰る途中の救急車の乗員が見つけてくれて、また、彼を乗せて折り返して病院に戻ってくれた。

これが、救急隊員が話したことと、翔が断片的に思い出してくる記憶をつなぎ合わせて構成するそのときの状況である。

救急車が気がついてくれなかったらどんなことだったのか。しかし、少し不思議ではある。人の滅多に通らない山道ではないし、田圃の中の畦道でもない。人がたくさん途切れずに通っている町の中の道、大きな国道の端っこの歩道でのことである。記憶を構成してみると、自分がそこにうつむいたかたちで横たわったのは、多分、午後一時半くらい、自宅を出てから十分程度経過していたのではないか、すると、救急車に収容してもらった午後三時頃までの一時間半ほど、脇を通る人たちの目に留まらなかった、ということなのか。

病院の職員にも医師にも、救急隊員にも不思議そうに聞かれた。

「呼びかけてくれる人はいなかったのですか」

そう言われても返事のしようがない。そのとき、意識はなかった。

こうも聞かれる。

「誰かに後ろから突き飛ばされたということではないですか」

「足を引っ掛けられたのではないのかな」

それに対して、

「そんなことはなかったようです」

と答えると、

「あの辺の道路は何か工事をしていたっけ」

という質問になった。これは翔に対する、というよりも、周りにいるだれかれに投げかけられたものである。事件かも分からない、と警察に連絡が行き、警官も来て同じようなことを尋ねたが、医師に、翔が死ぬほどの重傷でないことを聞くと、事件として取り上げることもないと判断したらしく、本署にも電話で報告して、帰った。

保険証は運転免許証ケースに一緒に入れていて、それで診察してもらった。

X線で、右も左も手首の骨にひびが見つかった。ものを摑もうとすると、激痛が走った。触診で、ちょっと撫でられてもひどく痛い。

「入院して治したほうがいいね。仕事も一週間ほどは無理かな」

と医師が言った。宙を飛んで地面に落ちるとき、勢いのついた、体重のある全身を、両手で反射的に支えて、その衝撃がひびとなった、と説明された。

「手首だけでよかったよ、顔か頭で受けていたら、こんなことではすまなかったな、へたをしていれば、一命にかかわってくる」

薬剤を塗り、力をこめて緊縛されて翔は言われた。

「はい、ではそのように、入院さして下さい。今は仕事はしていません。定年を過ぎて、無職、いい言葉では悠々自適ですから」

そう答えた。

ベッドに横になっていると、こんどは、薄い青がかった白衣を着た看護師がひとり来た。大野木、と、名札に書いてある。

「さっきの入院の書類、出来ましたか、出来てたらもらって行きます」

「まだ、出来ていません、印鑑も持ってないし」

と言うと、

「自筆のサインでいいですよ、保険証と免許証はありましたよね、その番号、書いてくださ い」

と言う。

「こちらのほうの身元引受人、こんなもの、要るのかな」

と言うと、

「お金、払ってもらえないこともありますし、ね」

と笑って言って、

「それに、ここは病院ですから、ぜひ、必要です」

これは真顔で言った。

「もしも、です。病院ですからもしものことがないとは限りません。そのとき、ほんとうに身柄を引き受けていただく方が必要です」

まだ、三十歳をやっと過ぎたばかりのように見える若い看護師は、翔の質問に、躊躇もしないでそう答えた。柔らかな、今までと変わらない口調で、事務上必要なこととして言っている。もしも翔が呼吸も脈拍も永遠に動きを止めて戻らなくなったとしたら、そのときに、その、物を言わない翔のからだを静かに穏やかに伴ない携えて連れて行ってくれる人の名前を求めているのだ。そのようになった患者はもう患者ではなく病院の対象から外れる。

翔は、考えてみると、ほとんど入院ということはしたことがなかった。そんな、もしも、も、考えたこと、いや考えさせられたことがないのであった。大むかし、虫垂炎になって入院したことはあるのだが、身元引受人というものの要否などは念頭にも浮かばないことであった。その頃はまだ学生だったから、そんな話があったにしても、その役割はまだ健在そのものだった親たちが当然のこととして受け持ってくれたに違いなかった。そのあとは会社勤めの長い年月だったが、幸運なことに、ちょっとした風邪とか下痢といった市販薬で治せる症状に襲われる以外のことには遭遇しないで過ごしてきている。

「どんな人が適当なの」

翔が呟くと、

「男の方なら普通でしたら奥さん、女の方ならご主人でしょうね」

そう言って、

「そのほか成人しておられれば子供さん、大人の患者さんではあまりないですけど親御さん、というのもあることはあります」

しばらく沈黙があって、

「あ、そうそう、きょうだいの方、というのが先日ありました」

親は既に二人ともないし、一人で過ごした自分には、当てはまるものがありようがない。それに、自分は一人っ子、係累の気楽な行き来も絡みつく煩わしさも無縁に過ごして来ている。

翔が、

「会社のときの知人では」

と聞くと、

「それはないですね、もしものときの引受人でもありますから」

ほんとうは、仕事を去る時には、恵まれていなかった思いと縁を切るつもりがこみ上げて、会社内の友人とも交友をほとんど断ち切って、こんな場合に頼めるほどの付き合いは思いつかないのである。

困り果てて、結局、

「仕方ないですわね、お付き合いがあるかどうか分かりませんが、お住まいの町の、町内会長さんにでも頼まれたらどうですか」

大野木看護師が提案した。携帯電話の電話帳に載せてあるのでその番号を押すと、夫人が出た。

「三十五番地の空知です。お宅の斜め向かい、もう一軒ひだりですけど」

と言うと、

「存じています」

と答えた。

「とつぜん、何というか、まことに勝手な、失礼なお願いなのですが」

翔が用件を話すと、

「宅の名前をお貸しするだけでしたら構わない、と思います。今、主人は外出していますけど、大丈夫です、帰ってきたら言っときますから」

そして、

「それにしても、思いがけない事故で大変でしたわね、お大事になさって下さい。こんなことでもお役に立つことが出来るなら、どうぞ、そうして下さい。早くお治りになるとよろしゅうございますね」

と言った。

大野木看護師が言うのでそのまま替わり、もう一度、身元引受人を引き受けることを自分の耳で確認すると、

「じゃあ、今の方でいいことにします。空知さんの手でここにいまの方の住所氏名と電話番号を書いて下さい」

ボールペンを握るとまた痛みが走った。それをこらえて指示された通りに書いた。下手な、自分の字でないような字体になった。気にいらないままにそれを渡すと、看護師が自筆で「確認、大野木」と、これはきれいな自分の字で書き、いいことになった。

これで翔は治療が終わるまでここに入院を続けることが出来ることとなる。ただ、町内会

長の高原夫妻は、もしもの場合、翔のからだを引き取ることになるという役割については深く認識していない。

そんなことで、市民医療センター病院に、はじめ医師の言葉では一週間と言っていたのが十日になったが、翔は世話になった。見舞いに来る人は、一人もいなかった。毎日、車椅子を押してもらって診察室に行き、手首の覆いを外して触診し、また薬剤を塗ってきつく縛る。病室に帰ってくると、薬か栄養剤かを点滴する。三食の給食が出た。これはよかった。翔は自炊と外食を、その時々の思いつきで選んでいるのだが、入院していなければ痛い不自由な手でいろいろこなさなければならなかったであろうし、それは治癒にいい影響はないはずであった。

手持ちの金がないので、許可をもらって外出し、銀行へ回って支払う治療費の手当てを自身でした。

退院してからこの発端となった場所へ行き、ちょっとした検分のような、観察のようなことをした。足を引っ掛けそうな、何物もなかった。ただ、小さな、直径二、三十センチの、ガスか水道の栓のハンドホールの蓋が路面にあって、その鋳鉄のすべすべした感触が、周りの人工石の石畳のざらざらした感じと異なっていた。このことが急いでいた翔の足に特異な感触を与え平衡を失わせたのかとも思った。済んでしまったことであった。

大事にならなかったことにほっとし、しかし、今度のことで心に宿題のような重しをもらった、とも思った。

＊　　＊　　＊

風見遼子は、今日、市から届いた健康診断の結果通知に驚いている。動揺している。精密検査を促す内容が記されていて、それを実施してくれる市内と隣接市の比較的に大きな病院の名前が列記されている。

市から毎年この時期に、健康診断を行なう知らせが届く。遼子はそれにはいつも丁寧に目を通し、いろいろ考えてそのいくつかを受診する。もう、若いとは言えなくなったからだにとっては、健康は大事な関心事である。今年は、胃と肺の検診には応募しなかった。去年はそれを受診して異常がなかったのと、胃検査で飲むバリウムが苦手で、体内から排出され終わるまで自分の場合三日ほどもかかるのでそのあいだすっきりしない感じの日が続くために、毎年は敬遠したいのである。肺は風邪を引いてすこし高い熱が出たときにX線で見てもらったので今回はやめた。そのときは肺炎も疑われたのだが、写真はきれいだった。

会社勤めや市、県など公務員の勤め人は職場で検診する、と聞いている。無料だそうである。遼子は自営業ということになっているので市の検診を、安いけれども料金を払って保健センターで受ける。

今年は乳癌と大腸癌について受けた。乳癌はぎゅっとはさんで、痛い検査である。それと問診触診があった。それは大丈夫、異常がない、と記してある。大腸は、検便。大便を少し取って提出した。その結果、潜血があった、と記して、精密検査を奨めている。驚いているのはこちらの方である、胃は昔から時々痛んで、検査もバリウムばかりでなく胃カメラも受けたことがある。しかし、腸については気になることも気にしたこともなかった。本心では、大丈夫、という自分の思いの確認をもらう目的で、先ごろの検査を申し込んだ、と言っていい。潜血とは、腸のどこかに出血する個所があって、それが便に混じって、肉眼で見ても分からないが、専門的な検査機器か方法で調べたら、血であることが判明した、ということなのだろう。この程度までは遼子にも理解できる。

考えてみると、市の検診は予備検診みたいなもので、悪そうな疑いが見つかったら、その疑いが本物か余計な心配かはこれから詳しく調べて、治すなり安心するなり、という段階に進んで下さい、ということなのだろう。あと、自己診断して、「なあに、気になる症状はなにもないのだから、このままもう一年様子を見るわ」としても、それはそれで自分のことである。

しかし、遼子は迷う。

「やはり、悪いところはこの際よく調べてもらって治しておいた方が安心して暮らせるのかな、悪くなければそれに越したことはないのだし。腸でこんなことといわれるの、はじめてでもあるし」

そして、電話を取って保健センターへ問い合わせる。

「大腸癌の検査結果を送ってもらって、どうしようか、分からないところもありますのでお電話しているのですけど」

「どんなことでしょうか」

向こうは丁寧に応対する。この通知書を持って、記載してある医療機関のどれかを訪れること、その際、保険証を忘れないこと、等々、教えてくれる。もっとも、聞かなくても、送ってきた通知に同封してある説明の通りで変わるところはない。

「それで、どの病院が一番いいのでしょう、あんまりお医者さんとか病院に親しくはないものですから」

「どこということはないと思います、みんな、実績のある病院です」

そして、

「お住まいはどちらですか。あとあとのことまで考えれば、お近いところを選ぶ、とか」

どこが技術やケアが優れているかを知りたいのだが、そこまでは言ってくれない。市の機関としては特定の病院を推奨することにはさしさわりがあるのかもしれない。

「行くときは、電話で前もって確かめられることをお奨めします。時間の都合も、いきなり行かれるよりはいいと思います」

結局、決定的なことは聞かれなくて、「もうしばらく考えて見ようか」と自分にいい、そして、この検診結果通知を決して無視しているわけではない、と自分に言い聞かせる。

三日そのままにして置いて、やっぱり気になり、森本記念病院に、直接電話した。市立の病院は各科が揃っているが遠くてバスか車を利用することになりそうだし、それに、市の機関だから多分診てもらえる時間は限定されるのではないか、よく前を通る横山総合病院は、近いことは近いが、いつも患者が混みあっている様子で、馴染みの薄い自分にはそんなに丁寧な応対は期待できないのではないか、などと勝手に考えて選んだのである。森本記念病院は、その、どれでもないような感じである。

予約した日の、指定の時刻よりは四十五分ほども早く、病院の窓口へ行った。人はいっぱいいたが、ほとんどここに何回も通っている患者のようで、遼子のような新患はいないように見えた。それに、患者は一人でも誰かが付き添っている感じで親しげに話していて、ひとりできた遼子は話し相手も見つからず、馴れない雰囲気に緊張してしまう。

予約の時刻を二十分ほど過ぎて呼ばれる。思ったより、柔らかい感じの女医、

「市の検診を受けられたのですね、精密検査、ということは、内視鏡で診て、処置が必要ならそのときに同時に悪いところを切り取ることになります。その場合、手術ということになります。あと、検査について、日にちとか、準備とか、看護師から説明しますので、聞いて下さい」

待合室で、聞く。

「まず、これを読んで下さい」

書類を渡されて、

「先生が話された手術の同意書、そしてこれは入院関係の案内書、なかに入院申込書と身元引受書がありますので書いてもらいます」

そう言って、

「今日はおひとりでいらしたのですか、ご主人と一緒なら、引受書をいま書かれたら一度で済むのでしたが」

「入院するのですか、検査なので日帰りかと思ってきましたけど」

というと、

「なにも見つからなければそのまま日帰りです。もしも、癌、とまでは行かなくても、ポリープがあったりすると、そのまま切除になります。簡単ですけど手術です。出血のおそれもありますので一晩入院して様子を見ます。それでいろいろ書いていただくのです」

「そうですか、そうでしたら、都合も調べないといけないこともありますので。詳しく読んで、考えて見ます、また、それからにしていいですか」

市の検診に、少しだけ詳しい検査が付け足される、と考えたのに、けっこう大掛かりなので不安になる。それに、二日がかりとなると店のほうもどうにかしておかなければならない。

「よろしいですか、もう少し考えさして下さい」

もう一度、繰り返す。

「いいですよ、なるべく早目にまた連絡して下さい」

そんなことで、退出する。

じつはもう一つ、身元引受け、とは、何だ。手術の安全性は百パーセントではない、十二万例に一件ほどの死亡例があると書いてある。それを承知した上で同意書に署名する。それはいいのだが、そのときのために、身元を引き受ける、言い換えれば、もしもそんな時、冷たくなった私のからだを引き取る人を申告することも求められているのだ。

三十年も前に、遼子は家庭を持っていた。夫がいて、男の子がいて。夫が言い出して、遼子が同意して、ある時、別れた。夫が子供を引き取って、あと、互いに知らない人同士になる。遼子はあと好き合った人と一緒になるはずだったのがならなかった。夫もそういうことだったが、向こうの成り行きは知らない。結局、自分は今でも、一人。若かった、とはいえ、もう少し、考えることはあったはずなのに。長いあいだに親も死んだ。きょうだいもいない。身元を引受けてくれるとしたら誰かいるのか、誰になるのか。いないと、精密検査は受けられないのか。ついでのことに、想像が飛びに飛んで、もしもの場合、おとむらいはどうなるの……。

五日考えて、森本病院に、検査の辞退を連絡する。

「仕事のやりくりが、どうしてもつきませんので」

身元を引受けてくれる人が、いない、とは、言いたくない。なに、自分は癌であるはずがない、どこもおかしいところも痛いところもないのだもの。忘れていたいやな古傷を、こんなことで人前にあからさまに暴き立てられるなんて、全く本末転倒もいいところじゃないの。そんなもの、無視して、どこまでも生きて行くわ。

＊　＊　＊

今日も時間が来て、風見遼子は家を出て、仕事に向かう。午後四時四十五分。

「スナック・かぜ」。

気に入っている名前である。自分の姓を一と字、さりげなく、用いる。もう、二十数年の職場。始めのころは無我夢中で、そのあとは、ちょっとした慣れと惰性で続けている。今は、考えなくても身体が動く。

それなのに、この一と月ばかりは、考えた。考えることがたくさんあった。

もっとも、考えても仕方のないことが多いことも、分かった。割り切れたのかそこまでは行っていないのか、よく分からない。

ひとに言いたいような、言いたくないような、気持である。

もう一つ、考えあぐねていることへの解決策は、ほんとうは頭に浮かんでいるのだ。それは、結婚。五十を過ぎてなんなのだが、結婚したとしたら、身元引受けも当然してくれるに違いないし、さらには、ずっと生きて生きて、その終わりのときも、心配しないで任せられる。自分があとかもしれないけれども。

若くない自分には、愛はなくても、実利で結婚。生き方の一つ、と思えば、何ということもない、のでは。願うところが一致していれば、愛情はあとから生まれ、ついて来るのでははないか、とも思ってみる。

空知翔は、退院してから、町内会長の高原宅を訪ねた。手土産に、菓子折りを一つ、下げて行く。

「そのせつは、ほんとうに有難うございました。おかげさまで、入院できて治療も終わって元の健康な状態にもどりました」

退院後、二週間でもう一度診察を受け完治を確認してもらっている。それも付け加えて言うと、夫人は、

「ほんとうによろしゅうございましたわね、こちらはなにも致しませんのに、却ってお気を遣っていただいて」

もう一度、転倒した場所を見に行き、自分の気持も終わりとする。

ただ、あの時の宿題、これから先、入院の必要が生じたとき、病気が長くなって治らないとき、そして更にはすべての終わりのとき、答えを見つけることが残っている。なに、見つけてはいるのだ。それは、結婚して伴侶を得ること。自分が、この歳になるまで踏み切らなかったこと、それが、これから、生きて生きて、それが終わるときも心置きなく見守ってくれる伴走者の存在。

しかし、この高年齢で、それはためらいの集積、不安のかたまり。今まで避けに避けてきた道にたやすく踏み込めるものではない……。

＊　＊　＊

空知翔は予約してあった歯科医院へ行くために、家を出て十分ほど歩き電車に乗り込む。半年に一度の割合で、歯科から点検を受けるように、と案内の葉書が来る。特別悪いところもないのだが、これを見ると行く気が起こる。やり過ごすと次はいつ診てもらったらいいか時期が分からなくなって心配になるのだ。一度行くと歯科医が診て、あと、歯科衛生士に歯石除去などの指示をする。一回では終わらない。三、四回、二か月ほどかかる。帰るときに次の予約をする。深く考えることもないので、毎回、同じ時間にする。すると、乗る電車も同じものになる。不思議なことに、時間が同じだと、大抵、同じ座席が空いていて、翔は同じところに坐る。私鉄の支線である。終点まで行く。そこは本線に連絡しているが、乗り換えない。翔は降りて、駅を出て、歩いて五分足らずの歯科医院へ行く。

風見遼子は、家庭の雑事を終え、仕事に出かける用意をする。家の中をぐるっと見渡し、窓は閉まって鍵がかかっているか、ガスは消えて栓は閉まっているか、水道は出っぱなしになっていないか、不要な電気器具は断っているか、と確かめる。帰って来るのは日が変わってからである。それまでの長い時間、なにかがあってはならない。

駅までゆっくり歩く。今日はどのような日か、客と話をするための話題はなにが適当か、歩いているあいだに整理する。犬が放れて走っていて飼い主が追っかけていても話題である。車が警笛を鳴らして追い越しざまに接触しそうになっても話題にできる。大臣が外遊する、野球の首位チームが入れ替わる、女優が離婚する、客の方から投げかけてくる話にも応答しなければならない。

遼子は帰りは深夜なのでタクシーにするが、出るときはいつも電車に乗る。同じ時刻の電車に決めている。毎日坐る座席は今日も空いている。隣席に軽く会釈をして腰を下ろす。横は、ネクタイを締めた、年配の男性である。ここのところ、ときどき見かける。毎日ではないが、数回で顔は覚えた。言葉を交わしたことは、ない。

翔は、電車に揺られて、また、考える。もう、終点。そういえば、自分の終点のことも、宿題だな、と。

遼子は、座席に坐って、さっきまでの仕事のことを頭から離し、何か、考えなければいけなかったっけ、と考える。もうすぐ終点だわ。私の終点も打っちゃっておけないわね。

ここ数回、不思議と顔を合わせている隣席どうしの乗客だが、二人はそれぞれの、電車だけではない、生きていく終点までもの、適切な伴走者であるかも知れない、とは、全く気付いていない。

終点に着いて車内で乗り換えなどの放送が響くと、二人は軽く頭を下げあって立ち上がり、ドアから階段へ進んで改札口を出ると全くの他人に帰って、無言で、しかし、同じ方向へまえうしろになって足を運び始める。

夕霧理容館

「長いあいだ可愛がっていただいて、ほんとに有難うございました。これからもお元気でお過ごし下さい」

今日も、この言葉をかけて、理髪を終えた客を送り出す。これまでこれを何度口にしたことか、と佐伯進吾はしんみりする。

「この団地へ、お戻りになられることにでもなったら、そのときは、また、ぜひご利用下さいますようお願いします。それと、もし、なにかの機会にこちらにおいでになられたら、ご用でなくても、ひとやすみのつもりでお寄り下さい、缶コーヒーも置いてありますし」

心の中では、もう、この客はうちの店に戻ってくることはない、顔を合わせることはない、とも思い、もう一度、じっくりと見詰める。みんな、そうなのだ。この言葉を交わしたあと、再会した客はない。

客はゆっくりと、杖をついて立ち上がる。昔は、紺色のスーツを着こなした、颯爽とした足取りの会社員だった。月に一度、ほぼ決まった日の夕方にやって来て、静かに目をつむり、進吾の手の運びに任せて一時間足らずの時を過ごす、きっと切れ者の働き手に違いない、と思っていた。もう十五年ほどにもなるか、そのころから着るものがカーディガンになったりスポーツシャツやパーカーになったりした。引き締まった精悍な顔が、穏やかに優しく変わった。勤めが終わったのだと思った。

来店の時間帯も、変わった。日差しの明るい、昼下がりになった。

今日、進吾から話しかけたわけでもないのに、

「もう、四十八年、五十年といったほうがいいね」

と口にした。珍しいことだった。今まで、入ってきたときの、

「こんにちは」

と、出てゆくときの、

「有難う」

くらいしか声を聞いた記憶がない。

それが、それから、今度、妻と二人である施設に移る、そこは、頼めば食事を出して呉れるし何かのときには医者も診てくれる、なに、いまはどうってことはないのだけれど、何かあってからでは大変だから、というようなことを低い声で言った。

「サ高住、っていうんだそうだ、サービス付き高齢者住宅を略して、ね」

「ケア付きマンション、のようなものでしょうね」

「おんなじものだろうな」

進吾は思いついて、釣銭をわたすときに一緒に小さな櫛を添えた。夕霧理容館と店名が入っている。

「有難う、もうそんなに櫛が必要なほどの髪の毛もないけど」

はじめての軽口に、

「まだまだたっぷりありますよ、以前のように黒くはありませんけど」

口下手の自分にしては、上出来の返し言葉だったと思って自賛する。

あと、客足が途絶える。がらん、とした店内を、箒を使って落ちている切り毛を掃き寄せる。そういえば、昔は自分で箒を使ったことはなかった。忙しかった。手は鋏から離せなかった。それは、新入りの弟子の仕事であった。そんなことまで思い出す。

理容の学校を終えて資格を取って、学校に来ていた求人を見て、ひかり理容館という、ちょっと大型の都心の店に勤めた。分からないことばかりで、何もかも夢中で動いた。それでも、何人もいる同僚たちの中で、佐伯進吾は腕はいい方のようであった。理容の世界で、腕とは、技術とちょっとした感覚である。師匠である店主は早い機会にそれを見抜いてくれた。

あるとき、店主が言った。

「分店をやってみないか」

まだ、五年ほどしか経っていないのに、そんなことを言われた。

「まだ、早いです、もう少し修行しないと」

しかし、ちょっとだけ先輩の兄弟子たちは、おととし、去年、と、分店の主任ということで、街はずれの住宅地に作った新しい理容室に出て行っている。あとは進吾の順番なのだ、と、言われた。

郊外に、団地が新しく次々と出来ている。そこの新住民は、電車かバスに乗って、半日がかりで繁華街へ出かけて床屋へ行く。

「われわれが店を出すのは人助けだよ、社会奉仕なんだよ、修行は、毎日の実地の仕事の中でわざを磨いて行けばいいんだ、いちばん身につく」

そう、言われた。

二百戸ほどの建売団地に、店主が銀行から融資を受けて建てた、小ぢんまりとした、さっぱりとした感じの理容室が割り当てられた。団地のほぼ中央に、野菜青物を売る八百屋、魚や乾物を置いている魚屋などの店がある小さな商店区画があって、その並びに進吾の職場があった。若い、資格を取ったばかりの女性の理容師をつけてもらった。

そこに住みはじめた、若い勤め人やその家族の小中学生たちが主な客であった。幼稚園児も、さらに小さい幼児もいて、前の都心の本店ではあまり扱ったことがない客層だったが、写真集などを母親に見せて髪形をえらんでもらい、鋏を入れた。

「前は、うちの旦那に押さえていてもらって私がちょきちょきとやったりしたのよ。出来が悪くても、四、五日もすると仕上がりの不出来さも一応は分からなくなるけれど、ね」

小さい子供をつれてきて、そんなことを話す若い母親もいた。

「しろうとの鋏だから危なくてどきどきしながらだったわ、床屋さんだと安心で助かる、格好もいいし」

昼のあいだは子供たちが、夕方にかけては勤め帰りのサラリーマンが、というのが客の流れであった。そのあいだに客足の途切れる時間があって、そんなとき、本店から回して来る業界誌、専門誌の記事や写真で知識を仕入れ増やすことを心がけた。

客たちの受けは悪くはないように思えた。直接、評判が聞こえてくることはまれであったが、来店の客数は少しずつ増えているのが感じられて、進吾は今の自分に別段の不満は覚えていない。

その新細川という団地は、朝、八時前に市の中心駅につくバスがあり、ほかは夕方に帰宅する住人を送り届ける六時半の便と、午前午後に一本ずつと少なく、たいていは二十数分かけて歩いて乗る私鉄の支線を利用するのだったが、住民たちは憧れていた自宅を手にしたことで顔は明るかった。進吾も両親たちと同居していて、住民たちと逆の方向で職場に通った。

それからも、未建設になっていた一割ほどの空き地にぼつぼつと家が建てられて行って、数年でいっぱいとなり完成した。

幼稚園児は小学生に、小学校の上級生は中学生になって、進吾の店の客たちは成長した。髪型もそれにつれて変えるように気を配った。少しずつ高校に通う生徒たちも出来てきて、彼らのなかには学校の帰りに都心の理髪店で新しい形の頭にしたり、美容院で整えてもらう女生徒も出るようになった。その一方で、幼い客も新しく来店してくれるので引き続いて繁盛しているといっていい状態であった。

進吾は、自分がこの土地にも仕事にも馴染み結びついて来ているのをからだで感じていた。いつまでも続くことを、疑うことはなかった、ほかにも新しい住宅地の開発は続いている。新しく家庭を持つ若い人たちの希望を汲んで、雑木林などであった郊外に、まとまった団地が計画され着工されている。

そんな中で、今までよりもっと規模の大きい、全体で千を越える戸数の団地が出来る、ということを耳にする。完成すると、住む人は四、五千人、ちょっとした自治体としての町、といった規模になる。戸建てばかりでなく鉄筋コンクリートのマンションも混じる。一部分には公営の集合住宅も建つ、と聞く。民間のほか、公社なども加わった、大型の団地が開発されるような話と聞く。

新聞などでも読んだし、店に来る客との雑談でも、話になった。

本店へ行ったとき、

「あそこにも進出するのですか」

店主に聞いた。

「ううん、デベロッパーというんだろうね、そちらの方から誘い、というほどでもないが、打診はあってね」

「それじゃ、受けるんですね、誘いを」

そう聞いたが、

「もう、うちの〝ひかり〟も店舗が五つにもなるので、これ以上はちょっと無理すじかな、とも思うし」

少し気弱な返事だった。

「私も五十になった、若くはないんだ」

そう言って
「ところで、進吾。君はいくつだ」

「二十八です」

そんなやりとりになって、

「そうか、うちの父親が倒れて店を引き継いだのが二十八だった、君の今の年なんだな、進吾、君がやってもおかしい年ではないのかも、な」

そのような会話になった。


そのときは雑談のようなことで終わったが、五日たった昼過ぎ、

「ひかり理容の社長さんとお話ししたのですが」

と言って、デベロッパーの名刺を持った二人が来た。ちょうど、客が途切れている。話題の大型団地への出店の勧誘だった。

「大きな住宅団地ですから」

と言って
「住宅ばかりでなく、生活利便施設、というものがないと住民の皆様は住むことが出来ません。毎日の買い物が出来る商店とか、できれば医療施設も欲しいところです。そんなものの一つに床屋さんも挙げられるのです」

黙って相手の目を見詰めていると、

「ひかりの社長さんが、佐伯さんに伺って見たら、とおっしゃるものですから」

その団地の名前がこんど本決まりになった、と付け加えた。夕霧台、となる、といい足した。前は、こま切れの畑と、疎林の雑木林が連なっている高低の勾配のある丘で、夕原という字《あざ》の中に含まれていた。夕原そのままでは今ひとつ、という意見が強くて、夕は生かして、夕霧台が選ばれた、と言った。

「なに、直ぐお返事を、というわけではないのです。長いこれからの事業のことですし、しばらく考えて決心なさって下さって結構です」

自分の店を持つ、ということは、とても素晴らしいことのようであった。一段と高い世界への飛躍に違いなかった。同時に、未知のことばかりの世界にも思われた。今までも、ひかり理容の分店の主任として働いて来たが、しかし、店の損益とか経営とかというようなことは店主の関心事であって、進吾の頭には浮かんだこともないのであった。職人としての向上心はだれにも劣らないし技能にも自信は十分あるのだが、自分のこととして運営を考えると急に不安が襲ってきた。資金のことも、職人の採用のことも、頭をかすめたこともなかった。みんな、これまで、店主が神経と頭脳を絞って来たに違いなかった。

その日、帰宅して、父に相談した。

村役場の書記をしていて、合併で市役所に移り、あと、勤続をかさねて市の課長になっている父は「冒険は危険の代名詞、出過ぎたことはしないのが一番」という信条を持っていた。その言葉を口にしてから、

「先に不安があることは、やらない方がいいね」

と言った。

三日、迷った。

「店長、今日は、お客さんの髪、ちょっと、切り過ぎじゃないですか」

年若い理容師に、言われた。

さらに、四日、迷った。一週間たった日、店を終えてひかりの店主に会い心の内を話した。帰って、父にももう一度話した。

「夕霧理容館」、と名前を決めた。夕霧台を代表する店になる意気込みを込めた。一週間同意しなかった父が、借り入れる資金の保証人になってくれることを承諾した。

「我が家の老後を賭けるのだから。だが、何かのとき、そのときはそのときだ。しかし、そんなことにはならないように頼むよ、祈るだけだよ」

そのときの、父の言葉であった。母は多くは言わなかった、が、

「まあ、そう思うのなら、しっかりおやり」

とだけ言った。

進吾にとってこのことが一生を賭ける重大事であることはもちろん、佐伯家にとっても決して軽いことではない、一大事であった。


白い壁に、赤い瓦、という外観を選んだ。商業区画と指定された場所に十数棟の店が並ぶこととなって、その一つをしめる。ひと並びの商店群とよく似合う、と同時に、その存在は主張する風合いとなっている、と進吾は心を落ち着ける。

じっと見詰めていると、これが自分で築き上げる新しい故郷、そして、自分の終生の拠りどころ、と、身震いを覚える。

バス停がそこにあって、人はよそへ出かけるときはたいていここに来る。

ほかにも、二丁目三丁目とあるので、そちらも似た商店街がある。理容はほかにはない、進吾のところだけである。

店には理髪の椅子と鏡のセットを六台備えた。前の、新細川では三台だったから二倍である。いっしょに理容師をやっていた三田はるみとは開業を機会に、あわただしく結婚した。家庭の伴侶と同時に、働き手でもある。五人は理容師が欲しいが、母校に頼んで、なんとか二人だけ近いうちに回してもらえる。

二階が住居で、もし、新人が住み込みを希望するなら一人は住まわせられる。手落ちなく進めているようで、保健所への届けが危うく期限に間に合わなくなるところであった。ほかにも抜けた点がないか、よく確かめなければならない。

開店した。

客が次々と押しかけるか、とも予想し、或いは、一人も来客のない寒々とした閑散さも思い描いたりしたのだったが、そのどちらでもなかった。午前に三人、午後に三人、といった出足となった。入ってきた客は、珍しそうにみぎひだりと見回し、白布でおおった三台の理髪台を不思議そうに横目で見たりした。夫婦だけで開店したので半分だけ使用している。そのうち新しい理容師が入って、多くの客が来るようになったとき、その白布は片付ける。

団地はまだ建築中である。家々が建てられていくにつれて、人は増える。来客も増える。せくことは、ない。

年が替わって、三月、小学校が完成した。子供のいる家庭がどっと増えた。開校を待って、入居する住民である。すこし忙しくなった。新人の理容師が入った。はじめは、洗髪と道具揃え、掃除くらいだが、進吾は助かる。白布でおおった理髪台は一つ減らし二台とする。

「僕、こんど、小学生になるんだよ、夕霧台小学校だよ」

問いかけないのに、話してくる。昨日、二人、今日、三人、と続く。

「おめでとう、ともだち、いっぱいできるようにね、遅刻しないで頑張るんだよ」

これからも長く、何十年と続いて欲しい顧客、大事に付き合わなければならない。

火曜の定休日、天気のよさに誘われて、団地のなかを歩いてみる。この前まで空き地だった此処、そしてあそこと、新築工事が始まっている。大工、左官などの作業者のほかに、施主らしい男女が立って見守っている。進吾は近づいて会釈し「いいお天気ですね、工事もはかどりますね」と声をかける。そのうち、この家に住んで、いい客になってくれるであろう。

妻のはるみがおなかに子供を授かっている。いまはまだ、仕事に差し支えはないが、そのうちしばらく休まなければならない。次の理容師が来てくれるのは半年先である。

散歩していても、いろいろ店のことを考えている。昔、ひかりで働いていた頃は、すれ違う人、追い越して行く人の頭の形に目が行くことはあっても、こんなことなどには思いは向かなかった。自分が変わったのか、これを成長というのか、と思って見る。

住宅の建設は引き続いているし住民の数も増え続けている。このことから進吾の店もなにも心配事はない、店に来てくれる客も去年よりは多くなっている。

そう思って少し気楽に構え、結婚してから仕事に、出産育児に、と無理を押し付けてきたはるみにも五年ぶりの骨休めの温泉旅行にでも連れて行こうか、と思いつく。

そんな話を閉店後片付けながらしていたのだが、翌日、となりの青果店の主人が、

「佐伯さん、聞いたかね」

と、いささか落ち着かない顔で言ってきた。

「ずっと西のところなんだけど、ね」

いまはこの団地の外れと言っていい場所なのだがさらにその辺りに次の計画として造成が行なわれる。夕日が丘というらしい。それは知っていたのだが、その手はじめとして、スー

パーストアを核店舗としたショッピングセンターが造られる、というのが今日の話の中心である。

「いやあ、そんなもの造られては大ごとも大ごと、商店会には言って来てないのかね」

「そのことで今日か明日、集まりがある、と、思うよ」

いままでここのような、小ぢんまりとした商業区画が数か所あって、周辺の人びとが気軽に歩いて買い物に来てくれる、そんな形がこの団地の住人の毎日だった。それが、これまでの商店群をひとのみにしてしまう規模の大型店がすぐそこにできる。人びとは、いままではずいぶん行き渡った自家用車に乗って、軽快にその大きな店に買い物に出かける。

「われわれのところじゃ、車を置く場所もないからね、勝負にならないよ」

進吾の懸念は、それが事実だとしたとき、その大型店にテナントとして誰かが入り、理容店を始めるかどうかであった。

その日の昼頃、電話で集会の知らせを聞き、夜、閉店してから駆けつけた。まだ、スーパーストアのことしか、分からなかった。専門店はそのうち行なわれる募集に、自分が応募するもよし、競争にかなわないならばいまの店をたたむもよし、となるのであろう、と店主たちはしゃべり合った。もちろん、そんなことと関係なしに、現在の店舗を続けることは自由なことである。進吾としては、いまの店の開業に投じた資金はまだほとんど回収していないので、そこに他の理容店が店を出さないことを念願するしかこの際思いつかなかった。

昼、いちおうの休憩時間としている一時ごろ、訪問客があった。理容の客ではない。

名刺を出して頭を下げてくる。

「こんど、夕日が丘のショッピングセンターに店を出します。サンセット・ヘアー・スタヂオの藤木です」

進吾は、

「わざわざご丁寧に」

と挨拶を返す。

「新規に開店ですか、それとも、どちらかの分店ですか」

と聞くと、

「そういう意味では分店というところですが、いままで父親といっしょにやっていたのですけど、この際、いい場所のようなので独立してみることにしました。よろしくご指導下さい」

「そうです、ここはいいところですよ、お宅のような強敵が出現するとなると身が引き締まるばかりですが、お互い、切磋琢磨してなかなかよくやりましょう」

かな文字の、新鮮さを覚えるライバル店の出現で、心を引き締めなければならない。ただ、向こうの方に伸びてゆく団地の町並みは、少しは遠いので顧客としてあまり当てには考えていなかった。そちらの方を客として目指してもらえれば進吾の店には大きな打撃とはなるまい、と、自身に言い聞かせ、強いて安心をする。

「ほんとうにわざわざ挨拶に来るとは今どき感心だ、褒めてもいい」

と、帰ったあと、独り言をいい、

「もっとも、こちらの偵察が目的だったのかも」

と、苦笑いし、

「こちらもそのうち向こうの様子を見ておかなければいけないね」

とも口に出す。


サンセット・スタヂオの出店は、特別の影響はなかったような感じである。来店する客数も変わりはない。ただ、幼稚園児の年頃の子供が少なくなって中学生が多くなったかな、とは思う。もうかなり前だが、小学校に隣接して中学校が開校している。中学生はそれまでかなりはなれた場所の学校へ通っていたのでずいぶん楽になったはずである。彼らは元気だから、学校帰り、というよりは、部活帰りの汗臭いままで進吾の店にやって来る。小学生のころから来ているから馴染みである。彼らのために、漫画本や少年雑誌を備えるようにしている。理髪が終わっても、雑誌を読み終わるまで腰を上げない子供もよくいる。

高校三年の長男が大学を目指すといった。高校はこの団地にはなく、市内だが離れたところにありバス通学である。理容の専門学校へ進んであとを継いでくれないかなと進吾は心の奥で考えるが、いまの時代、息子のような考え方が一般的のようだし、妻のはるみもそう言うので異は唱えなかった。進学希望は東京の学校だという。

高校で親を交えた進路相談があった。教師が熱弁を奮った。

「佐伯君はよくできるし、模擬試験でもいい成績が続いていますから、希望のところは合格の確率が高いですよ」

資料を指差しながら、難関といわれる有名大学への進学を勧めた。進吾の、潜在希望は消える。仕方がない、子供の前途を喜び励まさなければならない。

「先生もおっしゃるし、そのように目指すか。応援するよ」

父親としての本心が変わったのか、まだ、奥の奥に未練はないか。

帰ってから、はるみに相談の結果を告げる。

「よく出来るんだそうだ。親の子か、鳶鷹か」

「また、稼がなくちゃ、ね」

そんな話となった。

やっと、分かったことがある。

なんとなく、店の客数が減ってきた感じを近ごろ持っている。夕霧台の地区は、家はほぼ建ち終わってはいるが、みんな住人は和やかに暮らしていてさびれた感じはないのである。色も形もとりどりの自家用車も行き渡って、人々はいっそう豊かさを謳歌しているのではないか。それなのにうちの客はひところに比べて減少気味なのだ、何故か、と疑問であった、それが、自分の家のことに直面して、やっと、分かりかける。

なるほど、大きくなった子供たちが高校を終えたとき進学するとしたら、遠くの大学へ行く。家を出て行く。その分、この団地の人の数が減る。理容の利用者が減る。やっと、分かる。親たちはもう五十歳前後である。もう、子供を産むことも、ない。いったん出て行った青年たちは、そのあとも行った先で仕事を求め、ここには帰ろうとしない。

今になって、分かる。このさき……。

進吾は自分の頭ははるみに刈ってもらい整えてもらう。鏡を見て自分でやって見ようとしたことがあるが駄目だった。鏡の中の自分は虚像、自分は自分の実像を見たことはない。

変な感想をいだいて鏡の曇りを拭く。

五十年近く経っている。開店のときから大がかりな改修は行なっていない。よくもってくれていると感謝をこめる。

今でも、開業したときからの客は来てくれる。有難い。

しかし、その人たちの髪は、きわめて少なくなっていたり、ほとんど白一色だったりである。何十年前の髪を、そのまま持った客は、まずいない。

髪は変わってもいいが、様子が変わる人がいる。車椅子で押してもらって来る人。痛々しいが、

「お顔のいろがよろしいですね」

などと声を掛け、椅子を移る手助けをする。いいところを見つけて褒める。なにかで教わって実行している。

この団地の書店が閉店して、あと地が葬儀会館となった。本を読む若い人たちが進学や就職で出て行って売れなくなったのだろうと進吾は思う。その代わり、残った親たちに、そろそろそんなことが必要な時期が忍び寄っている。

夕霧理容の客でも、ここ三、四年、見かけなくなった人はいる。老人保健施設に入所する人がいて、付いてきた息子の嫁とおぼしい女性がそのように話していたこともある。自分で

老人ホームに入所すると告げる人もいる。

そんな客たちには、

「長いあいだ、可愛がって下さってほんとに有難うございました。お大事になさって、いつまでもお元気に」

と、別れと感謝を伝える。何回も繰り返していると、自分の近い先のことにも思えたりする。

よく知らないが、新設の葬儀会館から静かに別れを告げて行った客もいるような気がする。

そんなこんなで若い客も高齢の客も少しずつ減ってゆく。

ある時期、若い理容師たちを使い、時間いっぱい休みなく働いた、それでも、まだ時間が欲しい思いであった。いまは、独立する、結婚する、と言ってやめていった彼らの補充もしないで、夫婦二人でやっていても、まだまだ時間が余る。

あとを托することも思ったりした長男は、学校を卒業して、その街の、名前をよく聞く会社に就職して帰ってこない。長女も、東京の大学を出て、就職して、職場結婚をして、東京の人となった。

今日は、雲もない、初夏の青天であった。夕霧理容館には、十五人ばかりの客があった。この一と月ほどのあいだでは、珍しく多い来店客であった。

夕方五時。日が暮れようとしている。

夕霧台には、ここ十数年、夕霧がかったことは、ない。

星影の情景

「社長」

と呼び掛けられて、時朗は、一瞬、どきっとする。思ってもいなかった時とところである。会社の勤務の帰りである。会社は隣の市で、自宅とは二十キロほど離れている。特別のときは車を使うが、たいていは、私鉄の電車で通う。

車中では、まだ、仕事の流れの中にあって、同じ車両の中にあるかもしれない社員の目、取引先の客などの目を気にする。駅の改札を出るとふうっと大きく息をつく。意識しない。上りの電車、下りの電車、急行、普通、それに、他社線と、いろいろの車両から降りてきた人々が入り混じるから、多分、時朗を特定できる人はいない。そんな開放感がやっと来る。

今日は、妻の美穂子からの電話で買い物を頼まれている。帰りに、晩のおかず、刺身でも天ぷらでも途中のスーパーで買ってきてほしいと言われて、立ち寄っている。今日がはじめて、というわけではない、ここのところ、数回頼まれて引き受けている。今日も同じように買った。この時間、閉店に間もないというので生鮮食品などの一部の商品が割引価格になっている。この帰宅途中の買い物をするようになって気がついた。得をする気分だが、その分、もう売り切れ品切れのものもあるのはしかたがない。

値下げになった惣菜を籠に入れたところで声を掛けられて、間の悪さを覚えるのは止むを得ない。そちらを見ると、柴田という若い社員がにこっと笑って頭を下げた。

「女房に頼まれて、ね。君はこちらの方だったかな」

問いかけると、

「松前町です、近いです」

と、もう一度会釈をして、

「失礼します」

と離れて行った。

いま、美穂子の母、時朗にとっては義母だが、が、家に来ている。八十九歳になっている。もともと、郷里の小都市で文房具の店を親譲りで営んでいた。星光堂という。夫は公務員で、店の仕事は任せっきりだったが、退職してからは金銭勘定に関すること、経理や銀行とのやり取り、税金の関係なんかを受け持った。前の仕事も会計の関係だった、ということもある。それが、四年前、心不全で亡くなった、というよりは、老衰、大往生という感じもあった。九十歳をいくつも越していた。みんな悲しんだがあまり苦しみもせず周りにも世話を焼かせずといった去り方で、人たちはおだやかに見送った。義母はひとりになったが、健康で頭もしっかりしていたので、遠いところに家庭を持っている子供たちも安心して母の一人暮らしも特別気にしなかったのである。金銭勘定は遠ざかっていて、急には多少は不得手でも、まえまえから知り合いの税理士もいることで、そんなに心配はしなくてよかった。それに、家業の方で言えば、世の中は、インクとペン、鉛筆と消しゴムで紙に書く筆記仕事がパソコンなどの事務機器に移り、客が減っている。学童たちも少なくなって学用品も昔ほどは出なくなってくる。しなければいけない仕事も年を追って減っていくのが目に見える。事務機器などは使用法も教えて欲しいと求められるのだが年寄りには無理なことなので取り扱ってはいない。それが目的の客たちは進出してきた大型電器店に行く。そこでは、アフターサービスも行き届いている。その様子は、長いあいだ心の支えでもあった、この町の教育や文化を、いくらかでも質の良い文具を提供することで下支えしてきたという自負に対して、もう時代は変わったのだよと知らせようと告げている感じである。

そんなことで、義母はのんびりしてもいいし、出来るはずであった。

その義母が、店の中で転んで足の骨を傷めた、と知らせがあった。亡くなった連れ合いの従弟に当たる小父夫婦が近くにいる。何かにつけて連絡をくれる、心強い。

その人からである。

東京の多摩の方にいる美穂子の長兄に、である。その妻と、一人では心細いというので神奈川にいる次兄の妻とが連れ立って様子を見に行った。

骨が折れたかひびが入ったかと凄く心配しながら行ったのだが、行ってみればちょっとした打撲だけであって、ほっと、は出来た。安心して帰ればそれで済むところ、と言えばいいのだが、それでは済まないものがないでもない。

「一人でいると、また、起きるかも分からない」

「今度は軽くて良かったけれども、もっとひどいことになったら大変だわ」

「そうならなくても何度も起こってその度にかけつけるの、楽なこととは言えないわね」

いろいろなことが頭に浮かぶ。

「もう、お母さんも、お店をたたんでもいいお年頃じゃないかしら、とも、考えてもいいのじゃ……」

「でも、お仕事は生きがいなのだとも思うし……」

星光堂の店は町の中心部にあって歴史も明治までさかのぼる。ほんとうは、四人もいる子供の誰かに継いでもらいたかったのでは、と、口には出さなかった親の心中を知らないわけではない。親が言わなかったことを口にすると、自分の身に降りかかるかもしれない、誰も言い出さない。

二人は親の状態が、毎日の生活に支障にはならないことを確かめ、知らせてくれた親戚にも、手当てをしてくれた医者にも会って、

「これからもよろしくお願いします、出来るだけこちらにも顔を出すよう心掛けます」

というようなことを言って、二泊して郷里の町を後にした。

「たいしたことではないのに、こんな大騒ぎせんでおいて欲しいわ、汽車賃だけでも安うはないんやから、こんななんでもないことで、わざわざ来ることはないわいね」

憎まれ口のような軽口で、二人は送られた。口調の軽さが、まあ、安心材料と言えるようであった。

それから、三年足らずの日が過ぎている。無事といえば無事だが、それでも、小さなことはあった。

風邪を引いて熱がちょっと出た、食べ物が良くなかったのかおなかをこわして下痢が続く、というようなことがあって、三回ほど、また、二人で出かけた。そのほか、盆の墓参りにも行く。盆は夫婦で行くので親の世話をするというよりは親に世話をかけるようなところ

もあるのだが手間ではある。

もちろん、美穂子たち娘夫婦も、墓参のほか、見舞いとも手伝いともつかない形で出かけている。

そんなことが、母の見守りの責任者は誰なのか、と、まぎらわしさをもやもやと生じさせる。

「お兄ちゃんが責任者なんじゃないの」

「みんなおんなじだろ、子供のころから親に世話を焼かせたのは誰も変わりないさ、面倒みるとしてもみんなで、だな」

見ていると、老衰がたしかに進んでいる。思うに、一緒にいた父がいなくなって、話す相手、食事を作って食べてもらう相手、がいない、商売も家事も張り合いが薄くなった、弱くなった、そんな風なことなのかな、とも解釈できる。これは、盆に顔を合わせたときに話をしあう息子娘の、誰ともなく出て来た感想である。

子供の誰かが交代交代でかわりばんこにおさとの母の家に行って一緒に暮らし、手伝いと見守りを兼ねる、店のことも少しは手助けできるだろうし、という案も話の途中に出る一方で、店を閉めて、子供のところへ身を寄せて、安楽に過ごしてもらっても悪くはないのじゃないか、という話が出た。どちらも、少しは自分たちの生活に負担がかかる。

美穂子もその話のときには加わっていた。

子供たち、四人の息子娘が、平等に世話をする、そんな話に収まったのは、そのあとである。東京の周辺にいる三人が集まって、話を決めた、一と月半くらい母を自分の家で世話をして、それから次に引き渡す。それを順繰りにやって行く。そうすれば負担も同じで不公平もない。孝養の充実感も四分の一ずつだが共有する。僅かの我慢をするだけで、誰も彼も安心で幸せ、不満もない。

そのことは、一人だけ離れて東海地方にいる美穂子にも知らせて来た。

「みんながいいというのなら、私も別に異論はないわ」

と答えた。

「でも、こちらまで来てもらうの、移動は大変そうね。そちらの方だとお互いそんなに遠くはないだろうけど」

もう一つ、美穂子には、夫の時朗の母親の最期の時、長男の嫁ということで、ほかに何人かの子供がいるのに、ほとんど一人で面倒を見、世話をした経験があって、そのような思いがないでもない。それに相当するのは長兄ではないのか。しかし、ことを荒立てる気持はなくみんなの決めたとおりに従うこととした。

「そんなことなので、そのときは迷惑かけるけどよろしく、ね。できるだけ私でこなすつもりだけど」

と、時朗に言った。

「まあ、俺のお袋のときは大変な苦労骨折りをしてもらったからね、いいよ、しなければならないことはしなさいよ、俺も少しは分担するさ」

そんな会話をした。

話し合って決めたやり方が実行されて、いま、美穂子の母が時朗たちの家に来ている。マンションである。そう広くはないが老女一人が増えるくらいはゆとりがある。

現在は、この取り決めの二周目で、はじめての時から半年経っている。まえの時は、手をとってこの町を案内し、見どころのいくつかを、何日かをかけてつれて回った。それくらいは、歩いたり車に乗ったりして行動できた。初めて見聞きする物事に、少しは興味を示し、面白がりもしてくれた。半年で、弱りが出て来ている。歩くのはできるのだが、五分もすると疲れた、帰ろう、となる。

美穂子が、

「公園に行って見ようか、いま、藤の花がとってもきれいらしいわ、お隣さんも見てきたと言ってた」

などと言っても、

「疲れるよ、珍しいことでもない、見たくもない、寝ている方が楽」

と答える。

「買い物、一緒に行こうよ」

と言っても同じである。一人だけを置いて、ちょっとした時間出かけるのも気になる。美穂子は、ここのところ、足止めされているのに近い気持になる。

夫に、仕事帰りの際の買い物を頼んだりするのはこのような事情である。

美穂子はこのごろ疲労感を覚える。家に貼り付けのようで、買い物にも銀行などの用足しにも行くことは行くが、さっと、駆け足のように行く。留守にするのは十五分なら何とかかい、二十分になるともう心配が頭に上る。帰ってきて、買い忘れに気づいたりする。あれと、これと、と、出かけるまえに思っていたのに、腕時計を見て時間がかかっていることに気がつくと落ち着きをなくする。前回のときは、母と二人で出かけて、店頭の食材を見て、これとこれを使って、こんな料理にすれば美味しいのじゃない、などと会話ができて、むしろ、一人での買い物よりも楽しみでさえあった。今度は、それもできない、衰弱している。母親への気遣いがこんなに必要とは予想していなかった。これまで、夫の親、つまり義父母の最期は夫の弟妹が小さい子供の手がかかるという言い分で殆ど手を出さず美穂子一人に負担が押し付けられる成り行きとなったのだったが、いま思えば若いということはあんなことか、と思うほど苦にならなかった。気持でも、みんな横着するのなら私ひとりで立派にやってみせる、という意気込みさえあったような気がする。義父母たちが、最後の場面で感謝の言葉を告げれば更に感動的となるはずであったが、それは、なかった。時朗だけが、長い言葉で、もごもごと、礼らしい感謝を口にした。

母を風呂には、日中、入れる。一緒に、美穂子も入る。滑って転んでもらっては大変である。手を沿え、そろりそろりと湯壺に入れる。重くはないが、気は抜かない。手がすべってもいけないし、きつく摑んでもいけない。上がると、バスタオルで丁寧に拭く。水気を残して風邪のもとにでもならないようにする。

普段は夜、寝る前に入浴し、上がりしなに浴室の清拭もしていた。そんな手順を変えている。

今の季節、寒いことは、まず、ないが、さらに、昼の気温の高い時間が下手をして身体を冷やす心配がないので安心な気がする。その代わり、夜になって夫が入浴し、そのあと、浴室をきれいにするという、時間の割り振りが狂って、些細なことだが違和感がないでもない。

子供が進学就職などでこの家を離れて二人だけの暮らしになってからは、夫婦は和室に蒲団を並べて寝ることにしていたのだが、母が来るようになって、ベッドを買って洋室に入れ、使ってもらうようにした。畳の上より寝起きに力を多く使わなくて良い。その横に蒲団を持ち込み美穂子が寝る。声をかけられれば直ぐ応じられる。

老女は小用の間隔が短いのか、夜、何回もそのために起きる。ひとりで行ってもらってもよいのだが、ある晩、便所の場所がはっきりせず廊下を汚した。そのあとからは、美穂子を呼び起こし、同行をせがむのである。美穂子は一時間おきくらいに起きなければならない。母は、夜、眠り足りない分を、昼、どれだけでもうたた寝でもして取り返せばいいが、美穂子はそうは行かない。昼も、炊事洗濯掃除買い物と、家事全般が待っている。もちろん、母に異状が起きていないか、見守っていなければならない。気ばかり遣う。疲れた、身体がだるい、と感じるのは気疲れのほか、慢性睡眠不足も一因なのかとも美穂子は思って見る。

「あんたのところが一番いい。東京はどうも、ね。窮屈というか」

母が言った。時朗に、である。それを夫から聞いて、

「そうかも」

と相槌を打つ。

向こうでは、日中、顔を合わせるのは、母にとっては息子の妻、つまり嫁である。嫁と姑、昔から問題があることになっている。息子は、昼、ずっと仕事で家にいない。嫁姑は気を遣いあって一日中一緒である。顔を見合っている。お互い気も抜けない。

こちらでは、それが娘と母親になる。言葉の行き違いがあっても気にならない。

「よかったら、もっと長くいてもらってもいいですよ」

時朗は、そう返した、とも言った。調子のいい男、だと美穂子は思う。自分は苦労をしていないのだ。私は私なりに気遣いを重ねながら我慢もしているのに……。


「どおん、どおん」

大きな音がとどろいて、途切れない。間をおかないで続いて響いてくる。年に一度の、この町の花火大会である。大きな川の、岸に続く河原を主に、川の中も使って催される。人出が何万人にものぼる。若い女性たち、学校へ行っている少女たちまでも鮮やかな色調の浴衣

をまとって繰り出してくる。家族たちも友人たちも、連れあって出かけてくる。電車も駐車場も満員となる。

時朗は、しかし、それを見ていない。マンションの窓からは、直ぐ手が届く距離で眺められるのだが、今年はそれが出来ない。せっかくこの花火のときに、義母が来ているのだから、ぜひ見せたいし見てもらいたい、と考えていた。家から殆ど出歩かないで、身体は楽かもしれないが、何の変化もない日々を送っている。外へ出かけなくても部屋の窓から光の乱舞が楽しめるはずであった。それが、駄目になった。

昨日、母がだるそうにしているので美穂子が体温を測ってみると、三十七度を表示した。自分なら普通かちょっと高いといえば高いかな、という程度でそのままにしているところだが、年寄りは普段は低いのが普通と聞いているので気にした。もっとも、今度この家へ来てからのあいだで体温を測ったことはない。測る必要を感じたことはなかった、どの程度が高熱なのか判断がつきかねる。

「どうする、苦しいの」

と聞いたが、

「なあに、何ともないわいね」

とは、言う。

夜になって時朗が帰ってきて相談すると、

「青田さんにでも明日診てもらったらどうかな」

と言った。その後で、

「年寄りのことだから、何がどうなるか俺には分からないが」

と言い、

「もしものことでもあったらどうしたらいいのかな、そんなことになったら、こちらでは、お寺も葬儀社も知り合いはないし、おろおろするね」

言葉に出してから自分が言ったことに驚いて、

「いや、まあ、そんなことにはならないだろうけど」

と打ち消し、美穂子も、

「変なこと、言わないでよ、どきっとするじゃない」

とは言った。縁起でもない、とはこんな言い方のことだろうと思ったが、それ以上、口に出さなかった。

引き続いて心に引っかかって、日が変わって、午前、家事を手抜きで済まし、歩いて来られて自分も時々来る近くの青田病院へ連れて来た。

初診の患者ということでX線まで撮って、

「大事はないが、念のため一晩泊まってもらって様子を見ましょうか」

と言われている。

話すと、自分が付き添おうか、と時朗が言った。

「悪いけど、お願いするわ、私も一晩くらいゆっくり寝て、身体を休めないともたないかも……」

美穂子が言い、時朗が、今、病院のベッド横の椅子にいる。花火を音で聞いている。窓の向きの具合で、光り輝きは届かない。

義母は緊張している、馴れない病院である。点滴の針を腕に刺している。そのせいもあるのか、尿意を頻繁に訴える。時朗は戸惑うが、覚束ない手振りで手助けする。

「美穂はなんしとるんかね、こんな世話まで婿さんにやらせて。不孝もんが」

悪態をつく。

しかし、朝が来て、美穂子が代わりにやって来ると、

「来てくれたか、よう来た、寂しかった、なあに、もう治った、ありがとありがと」

一と目見ただけで、にこにことした笑顔になった。深夜についた憎まれ口は念頭にない。

時朗は、目をこする。義母の、昨夜との変わりように、ただ、驚く。読もうと持ってきていた文庫本は、一ページも進めなかった。

息子娘たちがある期間ずつ持ち回りで母をそれぞれの家で引受けて世話をするというのは負担も孝養も平等で理想的のはずであったが、実際にやってみると準備も移動も楽ではない、と意見はある。

長兄と次兄が話し合った。妹も、あと、話に加わった、と聞いた。

「老人保健施設というのが郷里の町の近くにできて、預かってくれる、費用はそんなにかからなくて、お袋がもらっている遺族年金で十分だそうだ」

そんな話を伝えてくる。

「べつに異存はないけど、見舞いに行くのはちょっと遠いんじゃない」

美穂子は問われて意見を言った。兄たちは、

「馴れたところだし知った人も周りにたくさんいるんだから寂しいこともないだろう、何かのときには医者も直ぐ来てくれる、普段でも看護師が常駐していて安心らしいよ、心配ない、気にすることもない」

いま、我が家にいる母に、美穂子が尋ねる。

「ここがいちばんいいわよ。ずっと置いといて欲しいよ。知らんとこは嫌や、行きとうない」

そういうのでそれを伝えると、代わってくれ、と言い、直接に長い電話で説得した。

「どうだった」

美穂子が聞くと、

「行けと言うからしようがないわいね、いいところや、いいところや、というだけで、それ以上分からんけど、信用して行くほか、ないようやね」

そして、

「ここにおると、のんびりできて、いつまでも置いてもらえるのなら有難いけどね、どうやろ」

と言うのへ、美穂子が、

「お兄ちゃんたちが決めて、もう手続きも済ませた、って言うからね」

自分ではどうしようもないと言い、

「まあ、世話になった、居心地はよかった」

と母が言った。

郷里の老人保健施設に入居が決まって、兄たちの二人の妻が付き添って、送って行く、という。兄たちのところには寄らずに美穂子の家から直接出発して直行する、美穂子は時朗に頼んで、直行の特急の出る駅まで車で送ってもらう。回り道をして、いままで通ったことのなかった景色を見てもらうことを試みたが、母は、これから行く旅とそれに続く暮らしの心配に心を奪われて周囲はなにも見ていなかった。

正確に予定時刻に列車で着いて駅から出て来た二人の義姉は、両脇で母を抱えると、また、次の乗り継ぎ列車に向かって足を運んだ。母が、ふたたびこの町この駅に姿を見せることは不確かだったが、

「また来てね、部屋はあのままにしておく」

時朗と美穂子が、そう言って手を握り、振った。三人の目に、思わず涙が光った。

「新しい、きれいな建物だった、周りも広々とした庭になっていて気持がいいところ。ちょっとした、軽い散歩もできるから健康的ね」

母を送って行った義姉から電話があって、母の入所した老人保健施設のことを伝え、

「それはよかった、安心ね」

と美穂子は答え、

「お疲れさまでした、私たちも一度行って見なけりゃいけないわね、元気だったんでしょう」

と応じる。

「旅で、ちょっと疲れていらしたみたいけど、大丈夫よ。すぐお馴れなさるわ、いいところだもん」

そのあと、

「二人でお店も見てきた、きれいだったわよ、傷んでもいなかった、時々小父さんが見に行って下さっているようよ」

と付け加えた。


道路から昇り勝手に少し上がって、建物が一階建てで東西両脇に袖を伸ばしている。白い外壁になっている。今風の明るい様式である。

前庭が広く駐車場にとってあって、来客用職員用と表示が分かりやすい。

母を送り出してから十日たった。気になって、早い機会に一度、見に行かなければ、と思っていた。別れたときの、硬い姿が心に残っている。美穂子は時朗に運転してもらって今日やって来た。四時間ほどかかる。いつも盆に墓参りに来るので馴れた道だが、近づいてから、日頃の道筋からは少しだけ脇に入るのでさがすのに手間取るかと思ったが、分岐点などに案内標識があって迷いはしなかった。

玄関を入ると受付があって、そこで訪問者名簿に記帳した。自分たち、来た人と、訪問先、母の名前を記す。行きかたを尋ねると、立ち上がって先にたってつれて行く。玄関のホールも途中の廊下も人の姿かたちを反射するほど磨いてある。清潔さは、合格、と、美穂子は点をつける。

ぴかぴかに拭きあげられた通路と食堂だと思われるホールを通って、居住室に案内される。大きな部屋を、カーテンで四つに仕切って、ベッドと周囲一メートルほどが一人分の空間。そんな居室がいくつか並んでいる。

来ることは知らせてなかった。驚いている。

「あれえ、美穂子かいね、びっくりした、来てくれたんかいね」

声は元気である。喜んでいる。

「いいとこのようで、よかったね、安心した。それで、もう、馴れたかしら」

そう聞くと、

「まだ来たばっかりや、なにも分からん」

食事はどうか、話し仲間はできたか、世話はよくしてもらえるか、と、ひとつずつ、尋ねる。

「うちに居るのと違うから、すぐには馴れん、言われたとおりにせにゃいかんし、辛抱もせにゃいかんわ、楽とも苦とももまだ分からん」

しばらく話して、うちを見に行こうか、というと、行く行く、と顔色がよくなるので車に乗せる。

久し振りの自宅。店を見て目を輝かせ、住居部分で仏壇に手を合わせて、

「お爺ちゃん、長いこと寂しかったやろね、御免、御免」

と頭を下げる。

そんなことで、母をまた施設に送り、二人は帰途につく。日帰りである。

「来て、よかった。心配することもなさそうね、あと、馴染んで行けるといいわね。時々は来て見るようにしましょう」

と、車中で話す。

また、二た月足らずの日が過ぎる。

「変わりはないかな、もう一度、行って見ようか。道は分かってるからすうっと行けるよ」

時朗が言うので、

「じゃあ、お願いするわ、この次の日曜ね、なにか、お菓子でも持ってこうか」

と、美穂子は言う。

このまえ行って来たことは、兄たちに電話で伝えた。

「それはお疲れさん、顔を見せるだけでも元気が出るだろうな、有難う」

と向こうは言った。自分たちも、行ったら様子を知らせるよ、とは言っていたのだが、その後、なんとも言って来ない。忙しいのか、それとも、関心が薄くて、施設に送り込んだことで、大役は果たしたつもりなのか、今のところ、美穂子たちほど気にしていないのだろう。

ついてみると、しかし、様子がおかしい。目に力がない。頬も肉が落ちた感じである。とげとげしいところがあると言えば、そうも見える。

「どうしたの」

尋ねると、次々と、不満を口にする。

「便所へ行きたいと言うても、連れて行ってくれん、自分で行くと言うたら、転ぶと危ないと言うて止められる」

挙句の果てに、いま、おむつをさせられている、と言った。それを付けた瞬間、自分の始末もできない老残の気持に落ち込んだ、と言うのだ。

食べ物は、多いので食べ残すと、栄養を計算して作るのだから、無理してでも口に押し込めと言われる。味も、塩分はいけない、と、薄すぎて咽喉を通らない。

話をしようとしても、相手になってくれる入所者は一人もいない。

この町にいるはずの親戚知人も殆ど来てくれない……。

しゃべっているうちに、舌がもつれて、涙が湧き出て頬を伝い、濡らす。

持ってきたお菓子を差し出すと、

「よそからの食べ物で食中毒でも起こすといかんので禁止なんやわ」

と言う。

すべてが本当かそれとも妄想が混じっているのか、答えに窮する。

「係りの人には言っておくけど、それでも、お母ちゃんのためを思ってのことだと思うから、少しは我慢をするようにして、ね。お願い」

誰かに言いたくて言えなかったことが、なんでも言える娘を見て堰を切って言葉になったのだろう、と、戸惑いながら口にする。

言ってしまって積もっていた不満が少しははけたのか顔が僅かに優しくなったが、帰ろうとすると、また、

「帰るんやったら、一緒に連れてって、お願い。もう、ここはこりごりや」

と、手を摑む。力がこもっていて、容易には離すことができない。

見舞いに来て、慰めになったのか不満を増大させたのか、二人は気持がまとまらない。時

間が長くなって、一度、車を出発させて、しかし、やっぱり気になって引き返し、あらためて再び居室を見舞うと、

「今日は遠いところを来てくれてありがと、久し振りに話ができて嬉しかったわ。帰り、運転、気をつけて」

と、今度は、おだやかに戻った口調で言った。

時朗は、いま、息子の繁樹、娘の理乃が来るのを待っている。列車で来る。二人が着いたら車に同乗させて、妻の故郷へ急行しなければならない。

このまま義母を見舞ってから、日数がたっている。あのときの、別れ際のことが心にかかる。今年もあと少しになったので、年内にもう一度は、と考えていた。それが、駄目になった、遅かった。

昼過ぎ、会社で来客と話をしていると、妻から電話で、

「お母さんが危篤だそうなの、私、行かないといけない」

と知らせてきた。

「分かった」

とだけ答え、仕事を続けていると、

「駄目だった、って」

と、また言って来た。まだ家を出ないうちに続報が来た、と言う。

「ともかく行くわ、あなたも、あと、お願い」

そう、言った。

おととい、義母が肺炎を起こし、施設に救急車が呼ばれた、意識はあったので隊員が聞くと、

「野中さんに」

と言い、そこへ運ばれた。自宅の向かいの内科医院である。数十年来のかかりつけ、しかし、救急指定でないので市立病院に回され入院、今日になって、本人の希望を入れて自宅に移り、野中医師が看取った。そんなことを、美穂子は時朗に電話で話した。

都内に勤めている繁樹が、遅れて横浜から理乃が着く。突然のことに、仕事の区切りをつけるのに時間を取った、と話す。

時朗は二人を乗せて出発する。もう、日が暮れかかる。

「びっくりした、お祖母ちゃん、近ごろ、会ってなかったなあ、ずいぶん可愛がってもらったのに。忌引きの手続きって、はじめてだから、手間取っちゃった」

子供たちが、言った。

携帯電話に知らせがあって、

「間に合わなかったけど、お母さん、とても優しい顔していた、微笑んでいるみたい顔だった」

着いたばかりの美穂子が告げた。

「仏壇の前で、お父さんの写真を見上げるみたいに顔を向けて……」

そのあと、切れた。声は、続かなかった。


自動車専用道路を、わき目もふらずに走って、あと、一時間はかからない。路肩が少し広くなっているので、車を寄せて、一息入れる。

林が途切れている。

空を見上げる。

満天の星。

銀河を横切って、星が流れた。

「ああっ、お祖母ちゃん」

理乃が叫んで、消える。

バトンの道筋

あと一と月で、この店、リーフを閉める。スナックである。その日、木葉小夜子の誕生日が来る。何年続けたのか、三十五年、区切りがいい。開店したのも誕生日だった、だから、毎年、開店記念日が誕生日だったことになる。近ごろは足が間遠になっていた水越さんは四十五年勤続で退職だ、と言っていた。年は私と似たようなものだと思う。言っていたのは本人ではない。山名さんである。はたち頃からの勤めだろうから、そんなものだろう。もっとも、男の人は、仕事を辞めた、とは自分からなかなか言わない、よく連れで来る友人みたいな人が「ああ、あの人なら」という調子で話すので分かるだけである。何故だろう、察することはできる。

男の人の生きがいは、きっと、会社なら会社、役所なら役所での肩書き、つまり、名刺なのだ。だって、うちのような、業務とまったく関係のないところへ来ても、職名のついた名刺を見せる、健康保険のように、名刺の重みで三割負担一割負担と、支払い料金に差をつけるわけじゃないのに、ね。あっ、でもそんなシステムにすると結構受けるかも、だってこんな店に来るのは、あんまり社会貢献とか会社の業績に寄与、とかではない、それより、余分なお金を無くす、費消する、つまり、早く手元から離れさせたいからなのじゃないかしら、だから、肩書きが偉そうでお金も多く持っていそうな男の人からおんなじ飲み物食べ物でも多くのお金を貰っちゃえばその人の気持に沿うことになるのよ、ね、きっと。

実際には、中小工場の社長なんかが一番お金持ちのようで、大企業の出先のトップのひとよりずっとたくさん持っている、しかし、偉そうにしているのは逆。そんな社長でも昨日今日はじめて給料をもらった新入社員でも、水割り一杯は水割り一杯で同じお代を頂いてやってきた。

店をはじめたのは、だから、三十。今からみると青くて物知らずで、危なっかしい限りだったけれど。

言わないほうがいいんだろうけど、店を持ったのは、これから自分の才覚を頼りに生きて行く、と、覚悟を決めたからだった。

入って来た客に、

「いらっしゃい」

というと、

「ママ、ですか」

その女客は、私、小夜子に言った。はじめての客である。一人で、はじめて、というのは珍しい。たいていの客は最初は誰かこの店に来たことのある客といっしょに来る。しかも、女性客なのだから。

馴染みの客でも最初の人でも差別はしないけれども、知っている人だとどんな話をしたらいいか、というのが自然に分かる。飲み物でも考えなくても手が自然に動いて、タグをつけたボトルのところにすうっと行く。

はじめての人の場合、聞いてみないと動けない。

「何になさいますか」

と、聞く。その前に、

「そう、私がこの店のママ。小夜子です、はじめまして、よろしく、ね」

と、聞かれていたことに答える。と、目がぱちぱちと動く。何も、特別のことは言わなかったつもりだけれど。そのほか、気付くことはない。

「そうですね、じゃ、なにか甘いもの、カクテルできますか」

という。

しばらく考える。水割りかストレートか、時々はビールなどを普通には出すけれど、と、カクテルとは、と戸惑う。

昔、店を開いた頃、いや、その前にこの仕事を自分の仕事にしようか、と心を決めた頃にさかのぼれば、カクテルのこと、たとえば、種類とか使うお酒のこととか、さらには、シェーカーの振り方とか、そんなことを、まじめに習った。今は、水割りなんかのほかにはたまに物好きの客がハイボールを作らせるくらいである。

頭のなかの古い記憶を掘り出し考えて、思い切って、はじめてのカクテル、オリジナル。焼酎のソーダ割りに甘いシロップ、これだけでは言うところの缶酎ハイだが、少しだけジンをたらす程度に加えてみる。

「どうですか」

自分で遊びに作って飲んだことはあるけれど、客に出すのはこれがはじめて。

「ああ、ほんとに甘いのね、咽喉をすうっと通っていく」

「よかった、口に合って、たいていは水割りですませてるから」

客が二人連れで入ってきて、小夜子は女客の前を離れる。やはり、気を遣った。常連なら、手も口も、反射的に動く。気も心も疲れない。

短大を出て地元の信金に勤め三年過ごした。銀行はちょっと狭き門で求人が少なくて同じ金融機関なら、と思ったのだ。金融機関は中学生高校生のころから勤めるならあんなところがいいな、という気持があった。どっしりした建物とすらりとした制服、デパートなどもそうではあるけれど、お客にお世辞を言って頭を下げもみ手をする、銀行などならカウンター越しで微笑むだけでよい。そんな魅力である。

働きがいはあった。職場の先輩と、恋をした。商業高校出の、学歴は一応小夜子がまさっているようであったが気にならなかった。男は仕事、頼もしい人に見えた。結婚を考えて交際し、上司の部長も理解してくれた。

「私たち夫婦が媒酌人をやらせてもらいたいね」

その婚約者が、突然、交通事故に遭った。外回りで軽自動車で客先を回っているとき、車線をはみ出して来た対向車にぶつけられた。免許を取って直ぐの若者だった。婚約者は即死し、相手は生き残った。

おなかにいた子供はそのあと健康に産まれ、小夜子は一児の母となった。どうしたらいいのか、分からなかった。両親も、呆然として、いい助言も聞けなかった。

仲人をする、と言っていた上司には、子供がなかった。同情からか、もっと深い考えからか、その乳児を引き取りたい、と、小夜子の両親に言った。

まだ若い未婚の母となった小夜子に、もう一度の機会が来るとすれば、その申し出を受け入れて独り身に戻ることが良いことに違いないと両親には思えた。そして、小夜子が自失しているうちに、その通りことは進んだ。

子供には、何百回か、母乳を吸わせた感触はある。顔は、十分覚えていない。乳房と、首も据わらないまま胸に抱いたささやかな腕の印象に、僅かな記憶はある。あと、また信金に一年勤め、しかし、気力を取り戻せずに、辞めて、東京へ出た。あてはあったわけではないが、職安をたずねて食品卸しの会社の事務員になった。

自分を埋没させたかった。郷里の町の、何十倍もある。郷里にいると、これまでの小夜子のすべてをみんなが知っている、そんな気がする。誰も、小夜子のささいな出来事にはすぐ興味を失っているはずなのに、そうは思えないのである。都会では、単なる二十代後半の、ありふれた女性である。やっと、さっぱりできた。周りの目と耳、自分の短い過去、そんなものから縁が切れた。

「ごちそうさまでした、ママ」

女性客は、そう言って立ち上がる。

「ああ、お帰りですか、あまり、お相手できなくて」

しばらく振りに来た馴染みの客が釣りの自慢話を聞かせたがって離してくれなかった。それもあって、その女性客とは特別深い話もしなかった。ただ時間つぶしに寄っただけなのか、このような客は時々ある。覗いてみて、気に入ったらあと続けて来るし、そうでなければ一回きり、ということだろう。

「また来てください、さようなら、行ってらっしゃい」

多額に消費する客にはなりそうに思えないし、手のかかるものを註文したりして、ぜひあと続けて欲しい、と、でもない気がしている。一方で、多くない女性客だから、一つの花、そしてその花に蝶たちが集まる、その花かもしれない。客は大事にしなければならないと思って見る。

立て込んでいた客が、それから続けて帰って行って、瞬間、がらんとする。濡れているカウンターをふきんで拭いて、はじめてだった女性客のことに頭が行く。来たとき、帰るときに「ママ」と言った。しゃべった言葉は覚えていない。それだけの印象である。そういえば、顔も服装も、詳しく覚えていない、出会えばもちろん分かって「こんにちは、先日はどうも」と言い合うだろう。まあ、普通の、どこにでもいるような女性だった。

また来て、と言ったけれど、新しい、新規の客が、これからの一か月に、来店するかもしれないし、しないかもしれない。来ないとすれば、この三十五年間の、最後の新規の客ということになる。この年月のあいだで通して何人になるのか、全部の顔、名前は覚えているか、多分、はじめのころの、そして、近年顔を見せていない客は、分からないだろう。せめて、最後になるかも分からない顔は覚えて置かなければならない。顔も名前も、一度で覚えて忘れないこと、はじめに教え込まれた鉄則なのに、なかなか身にも頭にも刻み込めなかった、三十五年たっての反省が今になっても走る。

郷里の町を出たあと、東京の新しい勤め先で、小夜子には、また、新しい恋人ができた。同じ職場の先輩であった。新しい仕事に懸命に取り組むことで、古い記憶を必死に忘れようとしている姿が魅力を感じさせたらしい、相手は、真剣なように見えた。経営者の縁戚になる育ちもいい青年であった。しかし、小夜子の全てを知りたいというので郷里でのこれまでのことを、子供を産んだことも含めて、全部話した。青年は本心から驚いて悩み、両親にも会わせて話を聞いてもらうように機会を作ったが、彼のほうで悩みが鬱病にまで進みかけて、小夜子は昔風に言うなら身を引くことにした。

職場にいづらくなったこともあって小夜子はその勤めを辞めた。故郷に帰るしか考えられなかった。郷里の町を外して、人口の多い、県の中心の町を選んだ。

二度の失恋と失職で、新しい、三度目になる次の仕事は選びかねた。職安でさがすと、以前の経験につながる経理の仕事はないわけではない。そんな仕事は、しかし、同時に前の身の上の出来事にもつながるように思えて、気持も理性も拒否する。

町をあてどなく歩く日々の中で、飲食街で『ホステスさん募集』の張り紙を見、次の職とした。二年前に東京へ逃げたように、こんどは記憶の世界から逃げる、そうでないと、この五年もがいた意味がないのではないか、新しい出発、と自分に宣言できる気持を、やっと持てたと思えた。これまでの年月の道筋と、違いが大きければ大きいほど、それを強く覚えられるようであった。

三度目の新人、となったのだ、とあらためて思った。もうこれがこれからずっと行く道、と思った。さすがに、四度目五度目は避けたい。両親にも、まだ東京にいることにしたままとした。東京にいるあいだ、手紙は年に四度、電話は親の誕生日の祝い事、そんな程度ですませるようにしていた。

恋人のことは、簡単に知らせていたが、また、郷里の場合と同じになることも思ったりして詳しくは教えなかった。

今時分、成り行きに心を傷めているに違いないとは考えたが、仕方がない、そのままにしておくのが親孝行だと自分に言い聞かせた。

一生懸命、といった風に働いた。手を休める、身体を休める、そんなことをすると、不要の、昔の恋のことに思いが行く、そうすると、どうしようもない過去の時点に戻って、ああすればよかった、こうしたらもっとよかった、と心がさまよう。ひょっとすると、死が招きに来るかもしれない恐怖がある。忘れるためには、ただ働く。

そんな暮らしを五年ほど過ごすと、この世界がやっと住む世界としていいと思えるようになる。

勤めている店のママが、自分の店を持つことを勧めた。

「まだ早いし、お金もないわ」

しかし、みんな、こんな年で自立する、今を逃がすとお婆さんになっても雇われホステス、お金なんてその気さえあればついてくるのよ、そんな言葉に、踏み切ることにした。新築の、同業の集まったビルの一区画が新しい小夜子の店となった。多少は、気負いに身震いする。

一方で、いつかは人並みの家庭を、という、十年来持ち続けてきた潜在している願望を、断ち切ることでもある、と少し悲愴でもあった。

店の名について聞くと、

「木葉ちゃんだから、単純に、リーフではどうかな」

というママの言葉に従った。

あと一と月を切った。だからあの女客はもう来ない、あれ一回きりだったのね、と思っているのに、一週間たってまた来た。

「あれ、いらっしゃい、もう見えないかと思ったのに、有難うございます」

小夜子は言って顔をほころばせる。

「何になさいますか、この前と同じにしますか」

と聞く。

「お手間のようだから、水割りにして頂こうかしら」

「あら、一度作ったものは、そう簡単に忘れないですよ、もう一度、作らせてもらいましょうよ」

そんなやり取りをして、また、カクテルを作る。あいかわらず、この一週間で、カクテルの註文客はほかに一人もなかった。今日は、ジンをベースにして、すこし濃い目に仕立てる。

「ちょっと濃いのかしら、きつく感じる」

「あら、鋭いのね、少しだけ変えてみた、本格風に」

そんな会話になる。そして、

「実は、この店、もうあとしばらくで、さよなら、の心算ですのよ。貴女に作って差し上げるのも、これきり、かも」

言わなくてもいいことに、口が走る。そんなに気安くは、常連にもまだ伏せているのに、と、瞬間、後悔する。同性への気安さからか、と自己分析を追随させる。

「えっ」

という相手の反応に、

「しまった、今の言葉、忘れて。忘れて」

奥の二人客には届いていなくてよかった。

「お勤め帰りですか」

細かい身の上は、本人が言い出すまではこちらから問わないことにしているのに、今度も口が滑った。男女が連れ添って来るのに、来るたびに違う相手だったりする。そんなことは問いただすことではない、なんでもないことなのかもわからない。会社の上司がコミュニケーションのために部下と一杯飲みながら意見を交わす、男の部下になら当たり前のことを、女性の部下にも同じように振舞っているのかもしれない。そうでないのかも、もちろん、分からない。聞かないほうがいい。

この客が、同性というので、私、ちょっと抑制が緩んでいるのかも。自制しなければならない。

「ええ、そうです」

しかし、客は素直に言う。

「信金です。北西です」

勤め先まで言った。知っている、昔、信金職員だったころは、興北信金と西部信金だった、競争が激しくなって合併した、離れても、新聞記事は読む。

飲み物をお代わりしてから口が滑らかになって、

「少し、困っているの、言っちゃいけないけれど」

とまで言って、あと口をつぐむ。

小夜子が繋ぎあわせると、自分が積極的に進めた融資が、遠い先の取引先の不振の波をかぶって焦げ付く恐れが出て来た、と聞き取れる。

「えらいのね、そんな大きなことまで責任持つって。課長さん、ひょっとして」

「いえ、まだ、主任ですよ」

小夜子は自分の過去に記憶を戻す。しかし、戻らない。新人、お札の数え方訓練、卸し立ての制服……、そこで停まる。

「それに、合併したでしょ、店舗を統合するの、人が要らなくなるの、失策がある人が対象だと噂があるわ」

そんなこと、言わない、聞かない、これがこの商売の鉄則。小夜子はほかの客の、氷だけになったグラスに、新しい水割りを作りに行く。


またお代わりして、濃く作ったのがよくなかったのかな、と、思う。絡んでくる。

「ママ、私のこと、知らないでしょ、私、小栗って言うの、小栗翔子」

頭のどこかに反応がある。過去に何かつながる。でも、私の人生はこの三十五年。それ以前はない、消してしまった。そう考えなければ、ない人生だった。

「私、さがしたのよ、なにをさがしたか、分かりますか、たいしたことじゃないけれど、電話帳、はじめは住む町の、見付からなかったわ、それなら、と、今度は、県下全部の電話帳」

今は、名前が分かっていれば、そして、ところが限定されていれば、その人をさがし当てるのはそんなに難しいことではないだろう。ただ、職業を知らなければ、この店までたどり着くのは易しくはなかったかも分からない。

「そうだったの」

小夜子は答える。

はじめてこの女性が来たとき、

「ママ」

という呼びかけを聞いた。

そのママに、女性店主《ママ》という響きお母さん《ママ》という響きの戸惑いが聞き取れた。来るものが、来た、のかな、と、驚きはあった。三か月だけ母親だった。顔も記憶はない。声も記憶はない。相手も同様だろう。

意図を推測する。

顔を見てみたい、声を耳で確かめたい、単純にそれだけかも分からない。それなら、顔を見せてやる、声を聞かせてやる。

あるいは、養親の誰かか双方ともかが亡くなったのか。または、もしかして、その女性の夫か。人間、心おきなく話のできる相手、存在さえ意識しないですむ相手、そんな対象が消えてゆくと、急に代わる相手を思ったりする。そんなことではないか。

一度、目と耳でまぢかに肉親を感じて、それでお仕舞いにするのかな、と思った。小夜子も、感じた推測に自信はない、そんなことはないだろうと、あと、打ち消していた。

そして、もう来ないと思ったのに今夜も来て、この言葉。どう聞けばいいのか。

あれが自分のおなかを痛めた娘なのか、言われてみればそうかもしれない。が、切実には思わない。産んだのはまぎれもないことだが、全く、といっていい、育てなかった。

消えた、消したはずの昔のことである。思い出に残るのはいい。目の前に、これが過去です、と顔を出されると、戸惑う。心の内でおろおろするのは仕方がない。すがたかたちとして、外見にあらわれる。見苦しい、無様な様相はどうか。どう振舞えばいいのか。

ふと、思う。父親は、小野村翔といった。仕事もできれば顔立ちもスタイルも素晴らしい青年だった。その人が死んで子供が産まれたとき、まるごと名前をもらって翔子と名づけた。名前だけでない、顔もあの人に似ているのか。もう一度、じっくりと見る。似ているといえるのか、分からない。そういえば、昔あの人はどのような顔かたちだったのか、それもおぼろげになって、小夜子は自分の記憶に自信がなくなるのにあわてる。

帰って、今日の売り上げをパソコンで整理する。毎日のことである。確定申告のとき、売り上げ明細はありますか、見せて下さい、と、突然言われることがある。手書きしていた頃は、なぐり書きのようなくせのある字の帳面を提示した。一日三十人として一年一万人の客にもなるから、これは自分でも驚く数だが、それは大変であった。今でもパソコンに記帳はしておく。あれやこれやで一時間は費やす。店で一日八、九時間、ほとんど腰も下ろさないで立ち仕事をし、マンションに帰って整理の事務仕事をし、明日の酒類食材の仕入れを書き付ける。慣れていても楽なことでない、これが三十五年である。もう、辞める気になっても悪くはないのではないか。

そこへ、また、出てこなくていい過去が、顔を見せようとする。

もう今日は全部終わりにして眠りたいのだが、頭がもやもやして寝つけるかどうか。答えの出せない宿題を押し付けられた気持がうっとうしい。

六十五歳になる。社会は、この年から高齢者と呼ぶという。二十三十のとき、この仕事に入った頃は、そんな年の女がこんな世界で働くことなんか、とても考えられなかった。自分がここまで来て見ると、その昔ひそかに呼んだ婆さんという感じではないようでまだしっかりしていると思うが、若々しいはつらつとした美女、とはどうにも言い難いとは思う。

周りを見ると、この年、あるいはもう少し若い年で身体を傷めたり心や頭の調子が乱れたりして退いて行く同業の女性も、時折だが散見する。それはそうである。客の前では笑顔を作りにこやかな会話で応対しても、それで仕事は終わらない、帰って今日の整理明日の手配の準備と、絶える間のない時間である。
この誕生日を機に閉業を考えたのもこんな気持がある。どこも、支障の出来ないうちに、悔いなくきれいに終える。とくに、私には、心身の健全さを失ったとき、あとの面倒を見てくれる身内がいない。

店を閉めるには手続きが要る。どんな届けをしなければならないか。いろいろ手引き本はあるけれど、読んでも、少し分かってまた分からないところが出てくる。仕方がないので人に頼る。代書人、というか、行政書士に頼んで必要なことは聞いてみた。結構な手間である。六十五歳である。国民年金の手続きは本人が社会保険事務所へ行く、と聞いた。仕事を終えて身軽になるにも、気の重い関門があると、うっとうしい。このほか、この店の権利の関係、これも公《おおやけ》の届けとは別に、自分でやる仕事だろう。
幕も楽には引けない。

「北信が、いよいよ希望退職を募るって、今日、公表したの。合併で同じところの支店をどちらか閉めるの、そうすると人が余る、当然ね。それだけならどうってことにはならないんだけど、課長が手招きして、君、どうだ、退職金、大はばにはずむそうだよ、だって」

三日あけてまた来た女性客小栗翔子が小夜子にいきまく。勤めている信金のことである。

「ばかにしてると思うでしょ、冗談も言っていいこと悪いこと、あるのよね。訴えてやろうかしら」

「貴女ならなんでも気安く言えるってことなのよ、気にしない気にしない」

小夜子は氷を砕く手を休めないではぐらかそうとする。まともに答える話題ではない。

「ほんとに辞めてやろうかな、いろいろあって、もう肩書きもここ止まりみたいだし」

これも無視する。

「この店で、働いてみようかしら、面白いかも、雇ってくれるかな」

「歳はいくつでしたっけ、四十、いってたっけ、前だったたっけ」

うかつに翔子の微醺の声に乗って問い返したことにかすかに後悔する。

「知ってるくせに、自分が」

と言って、相手も言葉を止め、悔いの表情である。

産んだ娘なのに、と、あとを口に含めたまま小夜子は字句を補う。

「そうね、この人がやってくれるとしたら」

湧いてくる思いに戸惑う。自分ひとりで、誰もの手を借りずにここまで来た道、閉じるときも自分ひとりで静かに穏やかに幕を下ろす。その考えに、迷いは欲しくない、の、だが。

小夜子はこの日早目に家を出る。デパートの食堂に寄る。久し振りである。いつも、店で着る服のことを考えたりちょっとした食材を気にしたりしていると、もう店へ行く時間になる。もちろん、家事の掃除、洗濯は欠かせない。よほどその気にならないと、ほかのこれと言った立ち寄りの仕事ができない。

今日は、昼食のあと、行政書士の事務所へ行って、このまえ相談したリーフの閉業手続きが不要になった断わりを連絡する用件である。昼の外食で、自分の昼食の用意とあと片付けが省ける。デパートの菓子売り場で手土産を買った。

行政書士は、先日のことは一般的な常識を話しただけで、特別の報酬は要らない、と言った。小夜子が礼をいってお菓子の箱を差し出すと、恐縮した。そして、

「開業のお手伝いをするのはこちらも心が躍る気持になりますが、仕事をやめられる手続きですと反対に気が重くなる場合もしばしばですね」

そう話して

「そうですか、お店は続けられるのですか、よい決断をなさいました」

と言った。

店ではこれまでに口を滑らせた何人かの常連に、

「あの閉店は取り止めにしました、また、続けて来てくださいね」

と告げた。直接言わなかった客たちも、伝え聞き、又聞きでたいてい知ったようであった。

「なんだ、最後だと思って、ボトルを空けてしまって損をしたね、続けるのだったら、もっと大事にして長持ちさせたのに」

などという声もあった。


信金を退職した小栗翔子がリーフに勤め始める。

小夜子は告げる。

「あと、三年ほど、みっちり教えて仕込んであげる」

そして、

「バトン渡すの、それから、ね」

初出一覧

「とよし食堂」『海』第八十七号　平成二十五（二〇一三）年五月
「とうのみね」『海』第八十六号　平成二十四（二〇一二）年十一月
「ホームメンテナンス夢虹」『海』第八十五号　平成二十四（二〇一二）年五月
「曲面鏡《カーブミラー》近景」『海』第八十八号　平成二十五（二〇一三）年十一月
「悲母日録《ひぼにちろく》」『海』第九十号　平成二十六（二〇一四）年十一月
「一月茫々」『海』第九十一号　平成二十七（二〇一五）年五月
「父の色彩」『海』第九十三号　平成二十八（二〇一六）年五月
「終点まで」『海』第九十四号　平成二十八（二〇一六）年十一月
「夕霧理容館」『海』第九十五号　平成二十九（二〇一七）年五月
「星影の情景」『海』第九十七号　平成三十（二〇一八）年五月
「バトンの道筋」『海』第九十六号　平成二十九（二〇一七）年十一月

あとがき

『苫小牧市民文芸』（北海道）、『海』（三重県）と書いてきてかれこれ三十五年になろうとしている。いっこうに向上の気配が見えないところが心を痛めるが、この間にも、いろいろの事象に接することが出来て、書いたものに少しは表れていれば心を慰められる。

この本に登場するのは、ささやかに、しかし真剣に、職業に家庭に、日常を送る普通の人々で、この作品集を読んで下さる方々が、似たような巷間の人の生き方に親しみを覚えて頂けるのでは、と思ったりする。

いまわが国では、高齢の方々が増加するという時代に進んでいる。いろいろ課題があるにしても高齢長寿は本来喜ばしいことである。この短編集にも高齢にさしかかる人々が登場するが、高齢が苦悩でなければ、と願っている。

この作品集は『海』に最近発表したものからいくつか選んだ。ご多忙の中で読んで下さった読者の皆さまに感謝し、併せて、本書の刊行にお力を頂いた鳥影社、および、日ごろ書くことに励ましを頂いている『海』同人の各位に感謝する。

平成三十年五月

紺谷　猛

〈著者紹介〉

紺谷　猛（こんたに　たけし）

昭和８年　石川県生まれ
金沢大学工学部卒　三菱化成およびグループ会社勤務
退任後　日本大学文理学部国文学専攻（通信課程）卒
日本大学通信教育部指導員
その後　放送大学大学院文化科学研究科修了　修士（学術）
平成 11 年　三重県文学新人賞（小説部門）受賞
平成 30 年　三重県文化奨励賞受賞
『海』同人　三重県桑名市在住

著書　『礫の記憶』
『海岸給油所』
『掌子愛別』
『虹の橋』（以上　短編小説集）
『生還 ── 闘病の長編エッセイ』

とうのみね

定価（本体1400円+税）

2018年　10月 17日初版第1刷印刷
2018年　10月 23日初版第1刷発行
著　者　紺谷　猛
発行者　百瀬精一
発行所　鳥影社（www.choeisha.com）
〒160-0023　東京都新宿区西新宿3-5-12トーカン新宿7F
電話　03（5948）6470, FAX 03（5948）6471
〒392-0012　長野県諏訪市四賀 229-1（本社・編集室）
電話 0266（53）2903，FAX 0266（58）6771
印刷・製本　モリモト印刷・高地製本

ISBN978-4-86265-707-7　C0093